Bridget's Verzoek
Verrassende Misdaadthriller en Erotische Dominantie
Erika Sanders

Bridget's Verzoek:
Verrassende Misdaadthriller en Erotische Dominantie

Erika Sanders

Serie

Overheersing en erotische onderwerping

# Samenvatting

Bridget, een prachtig model op hoog niveau, is geobsedeerd door een in Italië geboren industriële mogul genaamd Leonardo, die ook haar vriend is.

Tot haar verbazing heeft hij een contract opgesteld zodat ze onderdeel kan worden van zijn televisiebedrijf.

Maar ze vraagt hem om een commissie om dit contract te accepteren.

In welke volgorde staat het? Waarom is Bridget zo zenuwachtig over de gevolgen van deze opdracht?

**Bridget's verzoek** is een roman met een sterk erotisch BDSM-gehalte en opnieuw een nieuwe roman uit de Erotic Domination-collectie, een reeks romans met een hoog romantisch en erotisch BDSM-gehalte.


(Alle personages zijn 18 jaar of ouder)

# Opmerking voor de auteur:

Erika Sanders is een internationaal bekende schrijfster, vertaald in meer dan twintig talen, die haar meest erotische geschriften, ver van haar gebruikelijke proza, signeert met haar meisjesnaam.

# Inhoudsopgave:


Samenvatting
    Opmerking voor de auteur:
    Inhoudsopgave:
    BRIDGET'S VERZOEK ERIKA SANDERS
    1.
    2.
    3.
    4.
    5.
    6.
    7.
    8.
    9.
    10.
    11.
    12.
    13.
    14.
    15.
    16.
    EINDE

# BRIDGET'S VERZOEK
# ERIKA SANDERS

# 1.

De kamer was stil en werd alleen verlicht door de verlichte tafellamp die met zijn lichtstraal aan één kant naast Bridget scheen.

Haar naakte lichaam knielde op het bed, haar lange bruine haar viel op haar schouders en rug, haar hoofd naar voren gekanteld, weg van het licht.

Toen begon de muziek, aanvankelijk een langzame, zachte beat die luider en luider werd en in de loop van de tijd toenam. Haar hoofd begon met de maat mee te stijgen.

Toen bereikte de muziek een crescendo en Bridget schudde haar hoofd en gooide de sluier van zacht haar van haar gezicht.

Een stille pauze en licht verlichtten haar gelaatstrekken.

Haar roze lippenstift scheidde met zacht gesloten ogen.

Zijn gezicht was een visioen van kalmte en rust.

De muziek begon opnieuw, een akkoordharmonie, terwijl zijn kanten handschoenen van haar schouders en over haar borsten gleden, vingers gespreid en ontspannen, langzaam glijdend over elke zachte heuvel van haar gladde huid.

Zijn vingers balden zich, grepen haar roze vlees vast en streelden haar borsten met een zachte greep.

Bridgets ogen werden groot en onthulden haar saffierblauwe bollen en weerspiegelden de gloed erin.

Haar lippen gingen uiteen en haar tong begon zachtjes te likken alsof ze ze wilde proeven.

Haar geest was gefocust op de muziek en creëerde een mantra voor haar diepe gedachten en wilde verbeeldingskracht terwijl elke duim en vinger haar stevige tepels vasthielden.

Ik was opgewonden en enthousiast over de muziek.

Ze begon te kreunen, een zacht gekreun van voldoening toen zijn duim en vingers aan het stijve vlees van haar donkerroze toppen begonnen te trekken.

Rillingen stroomden over haar ruggengraat, die een bestemming in haar lies leek te bereiken en golven van genot door elke zenuw en pees in haar lichaam stuurden.

Hij liet een hand los van haar tepels, duwde ze naar beneden en raakte zachtjes haar navel aan tot ze het perfect getrimde schaamhaar bereikte.

De andere hand bewoog over haar dunne nek.

Met een uitgestrekte, verstrengelde vinger raakte ze haar lippen en tong aan, zoog erop en sloot haar ogen weer in extase terwijl de muziek in haar hoofd danste.

Haar zintuigen lichtten op toen zijn gehandschoende vinger zich een weg baande door de vochtige huidplooien van haar vagina, delicate lippen verkende en het doel bereikte.

Met nog twee vingers scheidde hij haar roze vaginale lippen, opende haar vagina en begon de kleine, hoodless zwelling van haar clitoris te strelen. Hij bewoog zich zachtjes, wild ademhalend en schreeuwend als van klaagzang, in overeenstemming met de muziek die hen omringde.

Bridget hield haar adem in toen de muziek stopte.

Zijn ogen werden groot en op dat moment kwamen beide handen samen op zijn kruis en voelden de warme straal terwijl hij losliet.

Hij had het hoogtepunt van zijn orgasme bereikt en zijn lichaam verstijfde en schudde een paar seconden voordat hij zich ontspande, zijn adem uitblies en het zachte ritme van de muziek ving.

Ze keek naar haar borsten, stevig en een beetje rood van de spanning van haar climax.

Haar tepels staken uit als steeltjes, wezen naar buiten en voelden de koelte van de lucht.

Langzaam met de muziek begon ze in een normaal tempo te ademen en voelde de ontspannende harmonie om haar heen.

Langzaam haalde hij beide handen van zijn kruis en voelde met de witte handschoenen de nattigheid van zijn nectar op zijn vingers.

De muziek stopte en Bridget leunde achterover.

Ze legde haar hoofd op het parelwitte zijden kussen.

Ze glimlachte in zichzelf en tilde haar knieën op. Met haar armen op haar hoofd in een zee van zacht bruin haar lachte ze.

* * *

Na een douche bedekte Bridget zich met een handdoek en ging terug naar haar kamer.

De videocamera hing nog in de hoek van de kamer boven het dressoir en daarmee had hij zijn eenzame optreden van vroeger vastgelegd.

Iets wat ze zonder aanwijsbare reden wilde doen.

Een gril, een fantasie en niets meer, gewoon om het orgasme van haar favoriete Strauss-klassieker te vangen.

Het was iets geworden dat hij de afgelopen maanden had geperfectioneerd.

Bridget ging op in de muziek alsof ze met haar sliep.

Geest en lichaam in seksuele en harmonieuze verbinding met de muziek zelf.

Ze zat voor het dressoir.

Ze leunde naar voren en maakte een scheiding tussen haar vochtige haar om haar eigen gezicht in de spiegel te kunnen zien.

Waar ze het meest trots op was, was haar adembenemende schoonheid.

Ze was diep verliefd op zichzelf, onherkenbare ijdelheid.

Maar één ding dat hij haar gaf, was respect.

Ze respecteerde zichzelf en haar intelligentie vertelde haar dat dit goed en natuurlijk was.

Ze was tenminste een speciaal en zelfverzekerd iemand.

Haar modellenleven had zijn vruchten afgeworpen en ze kon bijna alles doen wat ze wilde.

Bridget had geen make-up nodig, ze had natuurlijke schoonheid.

Maar cosmetica heeft ze alleen geüpgraded en zo gepresenteerd dat ze opvielen en mensen hun hoofd in hun kielzog draaiden, vol ontzag en andere mensen jaloers op hen maakten.

Maar toen was dit nu haar leven en had ze alles wat ze echt wilde.

De kinderdromen van zijn jeugd waren uitgekomen.

Nadat ze haar lipgloss had aangebracht, pruilde ze en glimlachte.

"God, je bent zo sexy," fluisterde hij tegen zijn eigen spiegelbeeld in de spiegel.

Toen ging ze rechtop zitten, trok de handdoek om zich heen en onthulde haar stevige borsten om ze met bewondering aan te kijken.

Ze waren perfect gevormd en gelijk, de toon van het vlees balanceerde tussen de tepel en de tepelhof.

Ze stond op en draaide zich om, de vorm van haar heupen, de dunheid van haar buik, de vloeiende lijn van haar billen en dijen waren wat alle modellen zich konden wensen.

En ze had niets anders gedaan om het te bereiken dan haar eigen natuurlijkheid te respecteren.

* * *

Die avond arriveerde ze in het restaurant in een dure blauwe designerjurk, die haar vormen onthulde.

Haar haar was naar achteren gebonden met een wit zijden lint en ze werd begroet door het personeel dat haar aan haar gastheer liet zien.

Zijn jasmijngeur zweefde in elk neusgat van elke persoon die hij tegenkwam terwijl hij hem volgde langs de klanten die aan hun tafels zaten.

Leonardo stond op en stak zijn hand uit om de hare aan te nemen.

Hij kuste haar zachtjes en ze merkte zijn grote en mooie lichaamsbouw op.

Hij was alles waar ze op hoopte.

Donker haar en donkere romantische Latino-ogen.

Een glimlach die alles zei wat ze wilde horen zonder dat er woorden werden gezegd.

'Ik ben zo blij dat je hier vanavond kunt zijn. Je ziet er geweldig uit,' zei hij. De hoofdkelner schoof zijn stoel naar voren zodat ze kon gaan zitten. 'Ik dacht dat je hier nooit zou komen.'

"Dank je, sorry, ik ben zo laat."

'Je hoeft je niet te verontschuldigen. Je bent nu tenminste hier.'

De ober serveerde de wijn zodat ze hem allebei konden onderzoeken en goedkeuren, zodat hij hun glazen kon vullen.

Bridget was meer geïnteresseerd in haar gastheer en ze keek naar zijn onberispelijke gelaatstrekken terwijl de ober haar bestelling opnam.

Leonardo was niet alleen belangrijk voor haar omdat hij haar carrière kon helpen, maar hij was ook iemand van wie ze droomde, een man van wie ze heel vaak droomde.

Nu zat hij persoonlijk aan de andere kant van de tafel.

Hoewel hij twee keer zo oud was als zij, vond Bridget hem erg interessant en opwindend.

Ze had zich altijd aangetrokken gevoeld tot oudere mannen, vooral charismatische mannen zoals hij.

Leonardo was tenslotte ook beroemd.

Ze wist alles over hem, leerde over zijn leven via rapporten en tijdschriften en had zijn werk zorgvuldig bestudeerd.

'Het verbaast me zeer,' zei hij, 'je hebt veel filmcontracten afgewezen. Waarom?'

Bridget legde haar gezicht in haar hand, glimlachte en boog zich naar hem toe.

"Gemakkelijk. Ik ben geen actrice en ik heb er ook nooit naar gestreefd of erover gedaan."

'Ik begrijp het. Je bent dus niet zoals de anderen.'

"De anderen?"

"Ja, anderen. Supermodellen. Ze hebben de ambitie om beroemd te worden in films. Natuurlijk hebben ze niet allemaal wat daarvoor nodig is."

"Ik ook niet."

'Maar hoe weet je dat?'

"Voor mij is acteren een kunst die een bepaalde vaardigheid vereist om een bepaald personage te bereiken. Ik ben er nooit goed in geweest. De modellen die je noemt gedragen zich niet altijd zo. Ze zien er gewoon goed uit voor de camera. En ik doe het al, maar alleen als model".

Leonardo lachte. 'Je hebt me er al voor gewaarschuwd.'

"Bovenstaand?"

'Je slimme geest en je koppigheid.'

'Echt waar. En wat zeggen 'ze' nog meer over mij?'

'Dat je mooi en hypnotiserend bent en heel, heel charmant.'

Zijn eten kwam.

Het waren belangrijke en bijzondere klanten.

De elite van de modewereld zoals vele anderen die dit restaurant hebben gebruikt.

En zwijgend aten en dronken ze wijn met de zachte muziek op de achtergrond.

'Chopin,' zei ze.

"Pardon?"

'De muziek. Het is Chopin.'

"Ahhh! Ja, ik hoor ze. Vind je Chopin leuk?"

"Ik hou van alle klassieke en moderne muziek. Mijn vader was zelf dirigent en componist. Ik ben ermee opgegroeid. Muziek is een deel van mijn leven."

"Dat wist ik niet."

Bridget keek hem aan en glimlachte. "Nou, nu doe ik het."

Toen Leonardo klaar was, vond hij een manier om de reden voor hun ontmoeting te bespreken.

Hij legde uit dat hij haar in een van zijn reclameprojecten wilde hebben. 'Doe niet precies wat je zegt,' maakte hij een aantekening om zichzelf uit te leggen. "Je gaat modelleren, maar verkoopt het product zoals in de film. Misschien een nieuwe horizon om te verkennen?"

De barman kwam langs om hun lege wijnglazen bij te vullen.

Bridget bedekte de hare met één hand om aan te geven dat ze niet langer wilde.

'Is de wijn niet naar uw smaak, mevrouw?'

"Het was geweldig, maar ik heb genoeg gehad voor vandaag, bedankt."

Leonardo keek naar haar en toen naar de ober en stuurde hem met een hoofdgebaar weg samen met de fles wijn.

"Wilt u liever ergens anders heen?" vroeg Leonardo.

"Een nachtclub?"

"Heb je er een waar je graag heen gaat?"

Bridget keek hem aan.

Hij had een bepaalde plek in gedachten die heel gedurfd was.

Een plaats die hij graag bezocht, maar niet erg bekend was.

En ze wist dat Leonardo daar nooit zou zijn geweest, en ze wilde hem daar zien.

* * *

Haar privéauto zou haar door de stad brengen, door de drukke straten, verlicht door neonreclames.

Leonardo was een vreemdeling hier en ver van zijn Italiaanse thuisland in Florence.

"Is deze disco jouw favoriete plek?" vroeg Leonardo.

Zijn ogen keken haar vol bewondering aan terwijl hij naast haar in de auto zat.

Ze wist dat hij haar wilde en dat hij elke laag van haar kleding wilde verwijderen en haar blote huid op zijn vingertoppen wilde voelen.

Ze was gewend geraakt aan mannen zoals hij en hun bedoelingen.

'Ja. Dat zou je kunnen zeggen.'

'En onze zaken? En mijn voorstel?'

'Je zult het weten als ik een besluit heb genomen,' antwoordde ze met een glimlach en keek hem vanuit haar ooghoeken aan toen ze zijn blik op haar voelde. "Nadat we ons een beetje grappig voelden, natuurlijk."

Leonardo was opgetogen.

Ze kon met hem doen wat ze wilde.

En alles betekende alles in zijn denkwijze.

De auto stopte voor een nachtclub aan de rand van een afgelegen straat.

Leonardo kwam naar buiten en stak zijn hand uit.

Hij keek naar de gesloten deuren die niet aangaven waar ze waren, alleen dat ze deel uitmaakten van het etablissement waar ze naartoe gingen.

'We bellen je als we je nodig hebben,' zei hij tegen de chauffeur.

Op dat moment startte de auto weer en reed richting de hoofdweg, hen alleen achterlatend.

Het was een zij-ingang en Bridget ging naar de deuren en klopte drie keer terwijl Leonardo achterbleef om te kijken.

Het kijkgaatje ging open en ze vertelde de persoon binnen wie het was.

De deuren gingen open en er verscheen een dwerg in het kozijn.

Hij maakte een zachte buiging en liet ze allebei binnen.

'Dank je, Thomas,' zei ze tegen hem.

"Fijne middag, mevrouw," antwoordde Thomas met een glimlach die zich van oor tot oor over zijn gezicht verspreidde.

# 2.

Leonardo was nieuwsgierig.

'Zijn we niet goed genoeg om via de hoofdingang naar binnen te gaan?' Hij vroeg en keek Thomas aan.

De dwerg deed de deuren op slot en ging door een gang die zwak verlicht was maar breed genoeg dat ze in een enkele rij moesten lopen.

'Ik moet zeggen dat het heel mysterieus is.'

Het geluid van Bridgets hakken echode en overstemde de dansmuziek van de club.

"Ik hou van mysteries." antwoordde Bridget.

Leonardo volgde haar en keek naar de beweging van haar heupen terwijl ze de dwerg volgde door een enkele gecapitonneerde deur.

Hij leidde haar een wenteltrap op die diep het pand in leidde.

Beneden kwamen ze een andere kamer binnen door enkele deuren die Thomas opende zonder zelf binnen te gaan.

"Dank je Tomas".

Hij boog opnieuw en liet hen binnenkomen met dezelfde onveranderde glimlach op zijn gezicht.

Leonardo keek om zich heen.

De aanblik die zijn blik ontmoette verraste hem.

Er waren meerdere tafels gedekt, waaraan telkens twee mensen bij kaarslicht zaten.

Er waren mannen met mannen en vrouwen met vrouwen en de gebruikelijke paren van mannen en vrouwen.

Bridget leidde Leonardo naar een lege tafel en ze gingen zitten.

'Dus dit is een privédisco?' Ik vraag.

"Ja. Heel privé."

De langzame jazzmuziek speelde zacht en iedereen leek te staren en te fluisteren naar het stel dat net op de locatie was aangekomen.

Leonardo knikte beleefd ter begroeting, glimlachte naar sommigen van hen en terwijl de koppels hetzelfde deden.

"Het is erg saai. Zal het snel beter worden?" Ik vraag.

'O ja. Hij zal het zeer binnenkort doen.' Bridget antwoordde en glimlachte naar haar gast.

'Dus je vader was muzikant? Jij zegt ja. Is hij niet meer bij ons?'

'Hij stierf toen ik vijftien was.' Bridget legde haar armen op de tafel en haar gedachten dwaalden even af, denkend aan een andere man in haar leven die ze ooit bewonderde. "Hij was een zeer goede muzikant, hoewel hij niet zo beroemd was als sommige anderen."

'Ik begrijp het. Het spijt me dat te horen.'

"Niet goed."

Leonardo draaide zich snel om en keek naar de serveerster die bij zijn tafel was aangekomen.

Ze was lang, had haar blonde haar naar achteren getrokken en droeg maar één zwarte string voor elke garderobe.

Zijn blik viel op haar volle borsten, de donkerroze tepelhofjes en gekleurde tepels in dezelfde kleur als haar lippenstift.

"Wilt u iets, meneer, mevrouw?"

'Ja. Ik denk dat je beste champagne nu wel goed is.'

"Nee meneer. Ik bedoelde mezelf," antwoordde de serveerster.

Leonardo keek om naar Bridget, die weer glimlachte.

Ze bestudeerde de verbaasde blik op zijn gezicht en wachtte tot hij iets zou zeggen.

"Wat is dit?"

"Ze wil weten wat je van haar wilt"

"Jij?"

'Ja. Zijn lichaam en zijn genegenheid misschien?'

'Maar Bridget, ik begrijp het niet.'

'Kom op, Leonardo, ik denk dat je begrijpt wat ze bedoelt. Hoe heet je?' vroeg Bridget aan de serveerster.

"Jacky, mevrouw."

"Nou Jacky, ik denk dat Leonardo wil dat je eerst je string uitdoet."

Jacky duwde langzaam de string over haar dijen en leunde naar voren om hem te verwijderen.

"Stil!" Bridget besteld. "Blijf zo, draai je om en laat Leonardo je van achteren bekijken."

"Dat had ik niet verwacht in een nachtclub." Leonardo lachte.

Jacky rolde zich om, haar billen voor zich, terwijl haar ogen op de gedeeltelijk open plooi van haar vagina bleven, waardoor hij een glimp opving van haar lippen, die als bloemblaadjes waren gevouwen en omgeven door een dun nest donkerblond schaamhaar.

"Je bent gefocust." zei Bridget. En alle anderen in de kamer ook. Zijn ogen waren leeg en stil in Leonardo's ogen. "Vind je het leuk wat je ziet?"

"Ik weet niet zeker waar dit over gaat."

'Het gaat over jou en Jacky. Wat wil je met haar doen?'

Leonardo lachte, dit keer met een vleugje nervositeit.

"Ik kan veel dingen bedenken die ik haar zou willen aandoen. Het belangrijkste is wat ze me nu aandoet."

'En wat zou dat zijn?' vroeg Bridget

'Nou...' Weer wachtte ze op zijn antwoord. 'Is dat een soort truc?'

'Waarom zou het zo zijn? Jacky, sta op en laat Leonardo zien wat je specialiteit is.'

Jacky draaide hem zachtjes om, knielde tussen zijn dijen en staarde naar zijn gezicht.

Ze begon haar jasje los te maken en maakte toen de knopen van haar broek los.

Leonardo bleef roerloos staan en zijn blik dwaalde tussen Bridget en wat Jacky aan het doen was.

Langzaam en voorzichtig stak ze haar hand naar binnen en hij voelde haar zijn pik aanraken.

Hij was nog steeds traag, maar zijn acties begonnen daar al snel verandering in te brengen.

De aanwezigen konden Jacky alleen zien met zijn hand in zijn broek, omdat alleen Leonardo kon voelen wat hij deed.

Zijn mannelijkheid werd duidelijker met elke aanraking die ze hem gaf.

"Heb je plezier?" vroeg Bridget

'Ik ben een man. Natuurlijk geniet ik ervan.'

Bridget zag dat de uitdrukking op haar gezicht tekenen vertoonde van het bestrijden van haar emoties.

Hij raakte opgewonden en verzette zich nog steeds omdat hij was en waar hij was.

"Jacky, hoe gaat het met je pik?"

"Ze is erg stoer mevrouw en haar hoofd begint nat te worden."

"Laat hem komen."

"Ja mevrouw."

Jacky's liefkozingen groeiden sneller en Leonardo vond het moeilijker om weerstand te bieden.

Hij bevond zich in een wereld tussen plezier en angst, en hij kreeg het plezier toen hij zijn hoofd achterover gooide en snel begon te ademen.

Bridget zag haar ogen dichtvallen terwijl haar lichaam over de stoel leunde, ze beet op haar onderlip en kreunde tevreden.

Jacky stopte en stond toen op.

"Mevrouw is gearriveerd."

"Bedankt, het zal nu zijn." Bridget stuurde haar weg en ze liep langzaam weg, zwaaiend en spelend met haar string in de hand.

Leonardo stopte, opende zijn ogen en wendde zich tot Bridget.

"Waarom deed je dat?" Ik vraag.

'Het was wat je wilde.'

'Ik had nooit verwacht dat dat zou gebeuren. Wat is dit voor een plek?'

"Het is mijn droom die uitkomt". antwoordde Bridget.

'De jouwe? Ben jij de eigenaar van deze club?'

'Vanuit deze kelder, ja.'

'Dus ik kan alleen maar zeggen dat je een vreemd meisje bent, Bridget, en je gevoel voor lol is fascinerend. Wat gebeurt er nu?'

"Volg mij."

Bridget liep door de tafels en Leonardo volgde hem, knoopte zijn broek dicht en knikte en glimlachte naar de gasten, die nog steeds hun ogen op hem gericht hadden en nog steeds uitdrukkingsloos waren.

"En wie ben jij?" vroeg hij zich af.

Ze gingen een kamer binnen en Bridget sloot de deur achter haar.

Er was een bureau en stoel in de kamer die alleen werden verlicht door een kandelaar.

Bridget leunde tegen de tafel en sloeg haar armen over elkaar terwijl ze naar hem keek.

'Je houdt van me, nietwaar, Leonardo?'

'Voor het contract? Ja.'

Ze lachte.

'Dat en nog iets?'

'Je bedoelt. Wat als ik met je naar bed wil? Welke man zou deze kans kunnen weerstaan? Maar ik begrijp het nog steeds niet. Waarom speel je dit spel?'

"Welk spel?"

'Je nodigt me hier uit en dan sta je het toe. Waarom?'

Ze liep naar hem toe en ze waren dichtbij en raakten elkaar niet aan.

Aangetrokken door haar onverzadigbare aantrekkingskracht boog Leonardo zich voorover om haar te kussen.

Ze scheidde haar lippen en hij zoog op haar tong totdat zijn kus hartstochtelijk werd.

Zijn hand vond de spleet in haar jurk die langs haar zachte dij liep, maar Bridget greep haar pols voordat ze haar heupen bereikte en de kus snel scheidde.

"Nee nog niet."

"Wat bedoelt u?"

'Ik heb eerst een gunst nodig,' zei ze tegen hem.

'Wat voor gunst?'

'Zou je iets voor me willen doen? Wat heb ik van je gevraagd?'

'Ja. Om je aan te raken en met je naar bed te gaan, zal ik alles doen.'

'Ga dan zitten en luister naar me.'

Hij ging rechtop zitten en streek haar haar weg. Hij keek naar elke beweging die ze maakte toen ze het bureau opendeed.

Bridget haalde een grote groene envelop tevoorschijn en legde die erop.

'Dit is heel belangrijk. En ik heb je woord nodig dat je me deze gunst zult bewijzen.'

Leonardo was gekalmeerd en begon zich af te vragen welke hulp ze zou willen.

'Ik wil dat je dit aflevert.'

Ze overhandigde hem de envelop.

Het was omvangrijk maar voelde zacht aan.

"Wat is het?"

'Het maakt niet uit. Ga je het voor me doen?'

Bridget ging op zijn schoot zitten en liet de jurk door de grote spleet opengaan, zodat hij haar lichtblauwe slipje tegen zijn kruis kon zien drukken.

Hij zag haar zachtjes naar voren glijden zodat haar decolleté het begaf en hij haar zijdezachte huid en de ronde vorm van haar borst kon zien.

'Vertel me meer. Waar moet ik dit afleveren?'

"Als je terugkeert naar Florence, moet je het afleveren met de naam en het adres van de persoon op het etiket."

Leonardo keek ernaar en las het.

"Ik ken deze persoon."

'Ja, ik weet het,' antwoordde ze, terwijl ze zachtjes met de achterkant van haar vingers over zijn gezicht streelde.

'Dus ik vraag je om deze gunst te bewijzen.'

Ze bracht zachtjes haar gezicht naar het zijne en kuste hem toen.

Leonardo wilde meer van die kus, maar ze legde haar vingers op zijn lippen.

"Niet."

'Dus ik accepteer. Kunnen we nu samen slapen?'

'Nog niet. Ik moet er zeker van zijn dat je dit voor me doet.'

"Natuurlijk zal ik."

'Nee. Nu niet en niet hier.'

Haar slanke vingers streelden haar lippen terwijl ze naar hem keek.

Zijn gezichtsuitdrukking was vol nieuwsgierigheid.

"Wanneer?"

"Als je uit Italië komt en voor jezelf werkt."

'Maar je wist het eerst niet zeker. Betekent dat dat je het contract accepteert?'

"Van nature."

Ze glimlachte en kuste hem toen.

Hij omhelsde haar en ze merkte dat de envelop tussen hen in zat en trok snel terug.

"Je moet er voor zorgen. Bewaar het goed, vouw het niet op of open het om welke reden dan ook."

"Wat is binnen?" Ik vraag.

"Een geschenk." Bridget vertelde het hem.

Ze glimlachte en keek in zijn weelderige bruine ogen.

* * *

De auto kwam later terug.

De chauffeur parkeerde en wachtte waar hij zijn passagiers die nacht had achtergelaten, en binnen enkele minuten gingen de zijdeuren open.

Leonardo werd door Thomas naar buiten gelaten en draaide zich om om hem te bedanken.

'Het genoegen is aan mij, meneer.'

Thomas boog en sloot de deuren.

Leonardo stopte met denken aan wat er die nacht was gebeurd en keek naar de envelop in zijn hand.

Hij stapte in de auto en beval de chauffeur hem terug te brengen naar zijn hotel.

# 3.

Bridget keek toe hoe Thomas de deuren sloot.

Hij draaide zich om en liep langs haar heen, deze keer niet met een brede glimlach; In plaats daarvan negeerde hij haar aanwezigheid alsof ze er niet was.

"Goed gedaan... goed gedaan."

Jacky verscheen uit het niets en klapte langzaam.

Hij bleef achter Bridget in de schaduw.

'Volgens mij ging dat best goed, nietwaar?'

Bridget draaide zich naar haar om.

Ze was nu gekleed en niet langer de slaafse serveerster die ze die avond was geweest.

'Ik heb de gasten betaald. Ze zijn klaar om te vertrekken.'

"Ik weet niet zeker of dit het juiste is om te doen." zei Bridget.

Jacky boog zich dichter naar hem toe, zijn gezicht nu zichtbaar en met een triomfantelijke glimlach.

"Bovendien heb ik nog nooit iemand bedrogen."

'O? Ik weet zeker dat je gelijk hebt.'

Jacky dreef haar uitgestrekte armen naar weerszijden van Bridget en plaatste haar tussen haar en de muur.

'Je wilde dit en samen kunnen we twee vliegen in één klap slaan. Je hoeft alleen maar te ontkennen dat je hier vanavond bent gekomen.'

'En de chauffeur?'

'De chauffeur werkt voor mij. Zie je, alles is gepland. Het enige dat overblijft is...' Jacky haalde een vinger door Bridgets haar, bleef over haar wang lopen en ging op haar zachte, gescheiden lippen staan. 'Het enige dat overblijft is jouw stilte.'

'Het spijt me dat ik dat heb geaccepteerd.'

'Dit is niet het moment om te klagen. Niet nu we zo ver zijn gekomen.'

'Wat deed Leonardo? Waarom haat je hem zo?'

Jacky deed een stap achteruit en haar gezichtsuitdrukking veranderde.

'Voor wat hij mijn zus heeft aangedaan. Ik heb beloofd wraak te nemen en nu heb ik dankzij jou de kans om elkaar te ontmoeten.'

'En ik hoef alleen maar te ontkennen wat er is gebeurd?'

'Ja. En jij snapt het ook, vergeet dat niet. Twee vliegen in één klap. Wraak kan zo lief zijn, mijn lieve Bridget... zo lief.'

'Ik heb een taxi nodig. Ik heb genoeg voor één nacht.' antwoordde Bridget.

Jacky knipte met zijn vingers en Thomas verscheen onmiddellijk uit de schaduwen van de nauwe doorgang.

'Je hebt de dame gehoord, Thomas. Bel een taxi om haar bij de hoofdingang op te halen.'

* * *

Bridget keerde terug naar haar appartement, nam een douche en ging op haar bed zitten met de videocamera in haar handen.

Aan het begin van zijn solo-optreden, dat hij die middag had opgenomen, speelde hij de videoband opnieuw af.

Hij zette het muziekcentrum aan met een afstandsbediening die de Strauss-muziek bleef spelen waar hij zo van hield.

Ze wilde naar de band kijken, maar het muziekstuk dat ze speelde deed haar weer aan haar vader denken.

Het was ook zijn favoriet.

Herinneringen aan de tijd dat hij op het balkon van de concertzaal zat en toekeek hoe zijn vader hetzelfde stuk dirigeerde.

Hij deed het met zoveel gratie en vertrouwen, hij voelde elk deel van de muziek en elk instrument.

Naast hem ging de telefoon.

Ze maakten haar wakker uit de flashback en keken naar de tijd.

Het was laat en ze verwachtte niet dat iemand haar zou bellen, vooral niet haar huisnummer.

"Hallo?"

'Bridget? Ik ben het, Leonardo,' zei de stem.

Ze was verrast om te zien dat hij zo snel weer contact met haar zou opnemen.

"Hoe kom je aan mijn nummer?"

'Het is niet moeilijk voor mij. Ik moest met je praten. Ik kan niet slapen.'

Ze luisterde bezorgd.

Dat hoefde niet te gebeuren.

Hij knielde op het bed en hield de handdoek om zich heen.

"Hallo Bridget, ben je daar?"

"Ja."

"Zoals ik al zei, ik kon niet slapen. Vannacht was zo vreemd dat ik er maar aan moet denken. Je hebt misbruik gemaakt van een van mijn zwakheden en niemand heeft het ooit eerder gedaan zonder dat ik het ze vertelde. Ik wil dat je het ziet. "

"Niet!"

'Luister... niet ophangen. Laat me alsjeblieft uitspreken. Waarom is dit geschenk zo belangrijk voor Angel? Waarom heb je het aan mij gegeven?'

"Wat bedoelt u?"

'Ik bedoel, waarom moest je dit spel spelen? Begrijp me niet verkeerd, Bridget, ik heb ervan genoten. Maar het leek alsof alles voor me was geregeld. En ik dacht dat er meer zou komen.'

"Het was geen spel."

"Dan begrijp ik het niet. Natuurlijk zal ik je het geschenk geven als je dat wilt. En ik hoop dat je heel snel voor me zult werken. Ik zal het contract meteen opstellen en naar je sturen. Maar dat is zo belachelijk waarom kunnen we niet samen zijn? Mag ik je vragen om nu mijn auto op te halen en mijn fetisjen en fantasieën voor vanavond door te nemen?'

"Geen Leonardo".

En ze hing snel de telefoon op en verbrak het.

Hij knielde een tijdje en vroeg zich af wat hij moest doen.

Het maakte geen deel uit van het plan.

Het zou gewoon een ontmoeting zijn.

De nachtclub en dat zou het zijn.

Over een paar dagen zou het doel bereikt zijn en zouden zowel Leonardo als Angel dood zijn.

En niemand zou ooit weten wie het heeft gedaan, en als het zou worden onderzocht, zouden ze ermee wegkomen als ze alles ontkennen.

Hij leunde achterover en beet zenuwachtig op zijn duim. Zijn geest raasde van spijt en schuldgevoel.

Ze vertrouwde Jacky expliciet.

* * *

Leonardo zat in zijn hotelkamer, telefoon in de hand.

Het zwakke geluid van de onderbroken lijn spinde nog steeds terwijl hij dacht, en toen hing hij de telefoon op en wenste dat Bridget zijn baanaanbieding echt had aangenomen.

Hij wilde haar zo graag en het was lang geleden dat hij zo graag een vrouw als zij wilde.

Maar hij was ook bereid haar vreemde gedrag uit te leggen en te beseffen dat ze alleen met hem kon spelen, met zijn diepste, donkerste seksuele gevoelens.

Hij belde de telefoniste en vroeg om een directe verbinding met Miguel Ángel Andreotti.

Het zou laat thuis zijn, maar ze dacht dat het telefoontje nu belangrijk was.

Na een paar seconden antwoordde Angel direct.

"Ik ben Leonardo, Leonardo Biscas. Het spijt me dat ik je op zo'n laat uur lastig val, mijn vriend, maar er zit me iets dwars..."

* * *

Bridget poseerde natuurlijk voor de camera.

Veel suggesties van de fotograaf had ze niet nodig, want ze gedroeg zich natuurlijk zoals hij verwachtte.

De zijden kleding die ze droeg was ontworpen in de vorm die de wind haar moest geven, en ze vulde haar vorm aan door alle juiste lichaamsdelen volledig te passen, met het zijden materiaal tegen haar borsten, met duidelijk gedefinieerde en gemarkeerde tepels.

"Je ziet er geweldig uit, schat. Oké, dat is goed voor vandaag," zei de fotograaf.

Ze ontspande zich en liep de set af om haar persoonlijke visagiste te zien, die wachtte om haar naar de kleedkamer te begeleiden.

'Morgen zelfde tijd, Bridget, alsjeblieft.'

"Geen probleem." Ze antwoordde en kuste zijn wang lichtjes.

Toen hij de kleedkamer binnenkwam, zat Leonardo aan de kaptafel.

Bridget was verrast hem daar aan te treffen. "Wat doe jij hier?"

'Ik heb erover nagedacht om je een bezoekje te brengen.'

'Maar je had terug naar Florence moeten vliegen.'

"Ik heb mijn vlucht geannuleerd tot een latere datum."

"Jij kan niet!"

'Maar dat deed ik wel. Ik moest je weer zien.'

Bridget wendde zich tot haar visagiste, een verlegen meisje met een bril die net zo verrast leek als Bridget toen ze ontdekte dat Leonardo zichzelf had uitgenodigd in de kleedkamer.

'Waarom heb je me dat niet verteld?' vroeg Bridget.

'Sorry, ik wist niet dat hij hier was.'

"Ok, laat ons met rust."

Het meisje haastte zich weg en sloot de deur achter zich.

Bridget begon de outfit die ze droeg uit te trekken met haar rug naar hem toe.

Hij keek aandachtig toe hoe ze volledig voor hem bleef staan, op haar witte slipje na.

'Alsjeblieft, draai je om, laat me je tenminste zien,' vroeg hij.

Bridget pakte haar borsten vast en draaide zich met een glimlach naar hem om.

Ondanks haar vreemde gedrag van de avond ervoor en toch had ze het een prikkelend mysterie voor hem.

In zijn ogen was ze een heel mooie vrouw, volkomen onweerstaanbaar.

En Bridget had dezelfde gedachten over hem.

Van alle mannen die ze tot nu toe in haar leven had ontmoet, was Leonardo de meest indrukwekkende.

Deze man had niet alleen macht en rijkdom, maar ook een enorme fysieke aantrekkingskracht.

'Waarom kwam je niet naar me toe toen ik je gisteravond belde?' Ik vraag.

Hij stond op en liep naar haar toe.

'Ik dacht dat ons spelletje nog maar net begon.'

'Ik was moe. Het was een lange dag geweest.'

Hij pakte haar linkerhand en trok die voorzichtig van haar af.

Haar ogen ontmoetten zijn borst en een tepel waaruit bleek dat ze zijn erectie voelde.

'En gisteravond was maar een kleinigheidje dat ik had geregeld. Ik wist dat je het leuk zou vinden. Behalve je gunst natuurlijk.'

"Ahhh, ja, het cadeautje voor Michelangelo."

Hij bracht haar hand naar zijn lippen en kuste haar vingers.

Ze keek naar hem en genoot van elke zachte lik van zijn tong terwijl zijn ogen de hare ontmoetten.

'Miguel Ángel was een heel goede vriend van mijn vader,' begon hij uit te leggen. "Het is gewoon iets dat ik van hem wilde."

"Van nature."

Zijn kussen bewogen over de rug van haar hand, ogen gefixeerd, kijkend hoe haar ogen zich vulden met het verlangen dat ze maakte.

"De meeste mensen stoppen geschenken in kleine dozen die zijn verpakt in mooi papier."

'Ik had geen tijd. Ik had het erg druk.'

'Nou, nu heb ik hier meer tijd om met je door te brengen. Misschien kun je het cadeau er presentabeler uit laten zien.'

Bridget schrok van zijn ondenkbare suggestie en trok snel haar hand terug.

"Niet."

"Waarom niet?" Ik vraag.

Ze keek hem aan, zoekend naar een antwoord dat ze niet had.

"Zit hier iets achter?"

"Nerd."

'Volgens mij zit er iets achter. Je verbergt iets.'

'Wat verborg hij?'

Ze begon in de kamer te zoeken naar kleding en vond haar beha.

Ze begon het aan te trekken.

"Wacht, laat me het voor je dichtknopen."

Bridget tilde haar haar op toen hij de haarspelden begon vast te binden.

Hij liet zijn vingers zachtjes over haar schouder glijden en zijn aanraking deed haar terugdeinzen, haar ogen sloten en ze wilden meer.

Het was een van de meest gevoelige erogene delen van haar lichaam.

Hij draaide haar om en hun lippen ontmoetten elkaar.

Een kus die hij voor haar had gezocht, maar die ze niet kon ontkennen, omdat ze met de seconde hartstochtelijker werd.

'Ik wil dat je me neukt,' fluisterde ze.

Leonardo pakte haar op, zijn handen grepen haar billen terwijl ze hem omhelsde en de kus voortzette.

Hij droeg het naar de ladekast, zette het erop en strooide de inhoud opzij.

Bridget spreidde haar dijen wijd toen zijn hand haar kruis raakte en zijn warme nattigheid voelde.

Er was een schaar bij de hand en hij pakte die en knipte de tailleband van haar slipje op beide heupen af, zodat het materiaal eraf kon vallen en haar geslacht kon onthullen.

Toen sneed hij haar beha tussen haar borsten door.

Ze nam ze in haar handen en kneep er zachtjes in zodat hij haar kon kussen en zuigen terwijl ze probeerde haar jas uit te trekken.

Leonardo hielp haar en gooide haar op de grond.

Toen hij het nu voor hem open zag gaan, pauzeerde hij om ervan te genieten.

Leonardo knielde en legde zijn vingers op haar vaginale lippen.

Ze voelde dat hij afscheid van haar nam om haar glinsterende bloembladen te bewonderen en haar nieuwe roze privédomein te openen.

Voor hem lag alles wat hij zich in zijn dromen had voorgesteld.

Toen voelde ze zijn tong eraan proeven, warm en doordringend.

Hij likte haar kleine klitje, trok haar uit haar beschermende kap en zond golven van extase door haar heen.

Haar fantasie kwam uit, want ze wilde hem dit al heel lang voelen doen.

De aanraking van zijn tong was precies zoals ze zich had voorgesteld.

En toen hij zijn vinger diep in haar doopte, trilde en zuchtte ze van plezier.

Hij stond op en met zijn armen aan weerszijden kusten ze hartstochtelijk.

Nu wilde Bridget haar seks op haar lippen proeven, omdat het alles nog spannender zou maken.

Tot dan toe hadden ze nog nooit orale seks gegeven.

Leonardo was de eerste geweest en hij wilde het goedmaken met jou.

Zonder aarzelen knoopte ze zijn broek los en ontdekte dat zijn zeer harde pik tussen haar vingers viel en de vorm en de grote, zeer dikke en veneuze contour voelde waarmee hij was begiftigd.

Opnieuw kwamen zijn dromen uit.

Ze had er vaak van gedroomd om zijn pik in haar mond te nemen.

Laatst in de nachtclub wilde ze in Jacky's huis zijn en de dingen doen die ze hem had aangedaan.

"Ben je klaar om het te doen?" fluisterde hij tegen haar.

Hoewel ze er klaar voor was, moest ze nog iets regelen.

'Wees aardig,' hijgde ze zacht. "Het wordt mijn eerste keer."

Hij zweeg even en dacht na over wat ze zojuist had bekend.

Dat had hij nooit verwacht.

Ze was een van de mooiste vrouwen ter wereld en nog maagd.

Hij respecteerde haar ervoor en in plaats van diep en hard te drukken, stond hij haar toe het tussen zijn lippen te stoppen en duwde hij haar langzaam naar beneden.

Bridget zuchtte toen ze hem voelde binnenkomen.

In het begin was het niet anders dan de vingers waaraan hij gewend was geraakt.

Toen begon hij zachtjes dieper te duwen.

Ze greep zijn schouders en prikte haar nagels in zijn huid.

"Weet je zeker dat je klaar bent?" vroeg hij opnieuw.

"Ja."

'Vertel me of het pijn doet. Ik wil je geen pijn doen.'

'Het gaat goed. Het spijt me niet.'

'Je hoeft je niet te verontschuldigen, Bridget. Ik had nooit gedacht dat je nog maagd was. Dat feit maakt deze tijd voor mij alleen maar kostbaarder.'

Ze glimlachte, haar ogen waren zachtjes gesloten en ze liet haar huid los.

"Heel erg bedankt."

Leonardo gaf haar een zacht duwtje en stuurde zijn mannelijkheid zo diep mogelijk in haar.

Als reactie grepen haar vingers hem weer vast.

Maar het was niet vanwege de pijn, maar vanwege het gevoel van volheid en intimiteit dat ermee gepaard ging.

"Ik beloof dat ik niet in je zal klaarkomen," fluisterde hij zacht.

Maar dat was een wens waar ze naar verlangde, maar ze wist dat het niet erg verstandig was om er vanaf te komen.

Ze was niet alleen maagd, maar ook in de periode van volwassenheid en vruchtbaarheid, en dit keer alleen voor het plezier en niet voor de voortplanting.

Eerst begon hij langzaam te duwen en terug te trekken om haar reactie te evalueren.

Bridget voelde haar orgasme toenemen, ze begon hem te berijden en genoot van de reis naar haar climax.

Leonardo gaf hem dit voorrecht toen zijn geschreeuw luider werd en hij wist dat hij een hoogtepunt had bereikt toen zijn nagels in zijn huid groeven en zijn lichaam trilde.

Voor Bridget was het als geen ander orgasme dat ze ooit eerder had gevoeld.

Deze keer was ze niet zelf-opgewekt, deze keer was haar mantra geen muziek, en deze keer waren de fantasieën echt.

En nu, in plaats van te stoppen, vertraagde Leonardo en liet de emoties in haar verdwijnen.

'Geniet ervan, lieverd,' zei hij tegen haar. 'Laat me je meenemen naar waar je nog nooit bent geweest.'

Nu wist ze wat het verschil was.

Leonardo gaf haar een orgasme dat veel langer duurde dan ze had gedacht.

Toen, onder de kracht van die passie, bereikte hij zijn eigen grenzen.

Hij trok zich terug en ze voelde de warme stroom van zijn sperma haar navel raken terwijl hij kreunde dat zijn eigen orgasme vrijkwam in harmonie met het hare.

Samen begonnen ze te ontspannen en de kussen waren niet langer vurig, maar vriendelijk en liefdevol.

Bridget voelde dat ze hem kalmeerde.

Iets wat ze voor een speciaal iemand had bewaard, was al gedaan, en toch was Leonardo nog steeds een vreemde voor haar.

En toen fluisterde hij iets tegen haar dat haar aan het denken zette.

"Ik houd van je."

* * *

Er werd geklopt op de deur.

"Juffrouw, mag ik nu binnenkomen?" vroeg de stem.

Het was haar visagist.

Leonardo keerde zich van haar af zodat ze fatsoenlijk kon zijn.

'Ik ben zo vrij.' antwoordde Bridget.

"De fotograaf wil de studio sluiten."

'Zeg hem dat hij even moet wachten, het duurt niet lang voor me.'

Leonardo glimlachte en omhelsde haar en bezegelde haar laatste momenten met nog een lange, betekenisvolle kus.

# 4.

De kamer was donker.

Alleen verlicht door een roze wandlamp en onder een bed waarin Jacky naakt lag en huilde van plezier.

Haar polsen waren aan de muur geboeid, haar borsten gingen omhoog en trilden terwijl ze zich verzette.

"O ja ja!"

Zijn stem echode terwijl hij zijn hoofd heen en weer schudde in wilde tevredenheid.

En naast haar zat de seksslavin, een gespierde, jonge, donkere man met saffierblauwe ogen, met zijn vingers in haar sekse, die haar streelde tot een orgastische climax.

Thomas, de bediende, kwam de kamer binnen met een mobiele telefoon en de seksslaaf trok zijn tedere aanraking terug.

'Juffrouw Jacky, een belangrijk telefoontje.'

Jackie stopte. Haar adem was zwaar met een blik van angst op haar gezicht.

Ze haatte het om geplaagd te worden in momenten van extreme extase.

'Hoe vaak heb ik je al gezegd dat je me nooit moet storen als ik het druk heb?'

'Maar dat is juffrouw Bridget.' antwoordde Tomas.

De slaaf haalde zijn rechterhand van de armband waarmee hij was vastgebonden, zodat ze de oproep kon beantwoorden.

'Wat wil je, Bridget? Het is beter dringend.'

"Het is heel dringend." antwoordde Bridget. "Leonardo keerde niet terug naar Florence zoals verwacht."

"Wat? Wat bedoel je, het kwam niet terug zoals verwacht? Dit is geen goed moment voor domme grappen."

'Ik maak geen grapje. Hij gaat niet.'

Jacky ging zitten en liet zijn slaaf en knecht los.

"Ok. Dus je kunt jezelf maar beter uitleggen. En het is beter een goede uitleg."

'Ik denk dat hij iets vermoedde. Hij wist dat dit een slecht idee was.'

Bridget zat in haar woonkamer naar de video te kijken die ze had gemaakt met het geluid uit.

'Ik ben vanmiddag bij hem langs geweest en heb hem gevraagd de brief terug te sturen.'

'Heb je hem verteld dat het een bom was?'

"Nee, zo dom ben ik niet."

'Bedoel je dat we dit allemaal gratis hebben gedaan?'

'Ja. Ik zei toch dat het een slecht idee was. We hadden nooit zo ver moeten gaan.'

"Dus wat gaan we nu doen?" vroeg Jacky.

"Laat me er over nadenken."

Bridget trok snel de stekker uit het stopcontact en legde hem naast haar toen Leonardo de kamer binnenkwam en haar hand in de zijne nam.

Samen keken ze naar de video en het einde dat voor hun neus speelde.

Bridgets ogen werden groot, een aangename glimlach op haar gezicht terwijl ze naar zichzelf op het scherm keek en het hoogtepunt van de muziek bereikte.

Dit vervulde haar met gevoelens van seksueel verlangen om het moment opnieuw te beleven.

Leonardo raakte haar gezicht aan en keek naar de uitdrukking op haar gezicht terwijl hij zijn ogen sloot en zachtjes op zijn lip beet.

'Je vindt het leuk om te genieten van wat ik zie,' fluisterde hij tegen haar.

Ze knikte als antwoord.

"En vind je het leuk om voor jezelf te zorgen?"

Zijn hand reikte naar beneden en raakte haar bedekte borst aan, de hardheid van haar tepel binnen handbereik.

"Hou je van muziek?"

Haar ogen werden iets groter en ze keek naar hem op.

"Dat is mijn ding. Ik ben altijd tevreden geweest met dit specifieke stuk zolang ik me kan herinneren."

Leonardo glimlachte en boog zich naar haar toe om haar te kussen.

Bridget zette de muziekspeler aan.

Ze ging liggen en keek naar de naakte vorm van hem vanuit het bed, draaide zich om en liep langzaam naar haar toe.

Alles verlicht door het gedempte licht van de sfeervolle kaarsen.

De muziek begon te spelen en de kamer was vol geluiden.

Nog een van je favoriete klassiekers, dit keer van Stravinsky

Ze ging op zijn heupen zitten, leunde voorover en kuste zijn voorhoofd en neus.

Haar ogen sloten zich en voelden zijn tedere genegenheid terwijl haar borsten zachtjes over zijn borst streelden.

Terwijl hun tongen met elkaar verstrengeld raakten, voelde ze zijn handen haar billen aanraken, een vinger die afweek van haar geslacht en zijn hardheid, en verkende haar.

Hij ging rechtop zitten en zag voor het eerst zijn mannelijkheid trots staan, zijn huid donkerder dan de huid van zijn navel en zijn blote cocon.

Zijn vingers streelden en voelden de aderen uitsteken als omgekeerde stroompjes.

Het was de eerste keer dat ze zo'n man aanraakte.

Hij hief zijn handen en kneep liefdevol in haar borsten.

Het gevoel van zijn vingers op haar tepels zond een vleugje genot door haar lichaam.

Hij voelde de behoefte om iets te doen dat voorheen alleen in zijn fantasieën bestond.

Ze keek naar hem op, glimlachte en gleed langs zijn benen naar beneden tot ze zijn mannelijkheid naar haar mond kon brengen.

Het eerste contact met de penis van een man was niet zoals verwacht, maar zijn tong verkende elk deel van zijn eikel en toen veranderde de bittere smaak van zijn voorvocht in een andere heerlijke sensatie.

Leonardo haalde zijn handen door zijn haar en kreunde als waardering voor wat hij aan het doen was.

Ze intensiveerde haar acties, nam het dieper in haar mond, zuigend en likkend, genietend van de zachte huid op haar tong.

Zijn hand drukte harder op haar hoofd en haar heupen begonnen te buigen met het ritme dat hem behaagde.

Haar gekreun werd luider toen ze iets in zichzelf mompelde en plotseling, zonder waarschuwing, voelde ze zijn warme lading door haar keel stromen.

Ze had geen andere keuze dan te slikken.

Maar met de tweede stroom sperma kon ze hem vasthouden en hem zijn mannelijkheid laten bedekken met een mengsel vermengd met haar eigen speeksel.

Ze liet hem los en dwong met haar slanke hand nog een lading af die als witte siroop over haar vingers stroomde.

Om de een of andere reden leek de muziek niet meer belangrijk.

Leonardo had die bepaalde magie vervangen.

De aantrekkingskracht van het bedrijven van de liefde met muziek zelf was de tweede plaats geworden in de realiteit van de dingen.

Dit was een echte man, een echte minnaar en samen maakten ze hun eigen soort muziek.

In tegenstelling tot de jongere mannen die hij in het niet al te verre verleden ooit in het voorspel had geplaagd, bleef Leonardo bij het stoere lid.

En in tegenstelling tot voorheen was ze nu klaar om de intensiteit van seks te accepteren.

Ze wilde de leiding nemen.

Bridget duwde langzaam zijn mannelijkheid naar haar toe.

Het was nat en deze stap leek gemakkelijker dan nu.

Hij hield haar heupen vast en liet haar zachtjes op hem rijden. Ze raakte haar clit aan met zijn vingers, waardoor een combinatie van masturbatie en het gevoel erin te zijn gecreëerd.

Een golf van tintelingen overspoelde haar zintuigen toen ze het hoogtepunt van haar orgasme bereikte.

Het hoogtepunt was enorm en ze ontdekte een nieuwe sensatie.

Leonardo glimlachte naar haar.

Hij was de knapste man die ze ooit had gezien, en nu zag hij er nog lekkerder uit, nadat hij een van haar stoutste dromen had vervuld.

Ze leunde tegen hem aan, strekte zich uit in zijn armen en voelde zijn warmte en de streling van zijn vingers terwijl ze door zijn haar speelden.

De nabijheid van een man leek nooit het gevoel te zijn dat hij nu had.

De enige man die eerder genegenheid had getoond, was zijn vader.

Ondanks haar hypnotiserende schoonheid had ze zichzelf seksuele genoegens met anderen onthouden.

Haar relaties met mannen in het verleden zijn weggehouden om te voorkomen dat haar verleidingen ongebreideld worden.

Soms niets anders dan een diepe kus zonder gevoelens waardoor ze het gevoel kregen dat ze het koud hadden.

Het was niet zo dat ze mannen haatte of seks haatte.

Het was dieper dan dat.

Bridget huilde op haar eigen manier over de plotselinge dood van de man van wie ze zoveel hield, alsof ze dacht dat ze niet van iemand anders kon zijn.

Daarna grepen eigenliefde en ijdelheid haar door de jaren heen.

In zekere zin gaf dit haar het vertrouwen om te worden wie ze was en de liefde met zichzelf en muziek belangrijker te maken dan ergens anders naar liefde te zoeken.

Bij toeval Leonardo ontmoeten was een kans voor haar om een man te ontmoeten die ze al vele jaren bewonderde en ook een manier om haar vader te wreken met Leonardo's vriend Miguel Ángel Andreotti, die volgens haar verantwoordelijk was voor de zelfmoord van zijn vader.

En het was Jacky die met een plan kwam waar ze allebei tevreden mee waren.

Maar Bridget wist niet zeker of Leonardo er last van zou hebben.

Ze had hem nog nooit eerder ontmoet, en daarvoor leek het iets dat ze gedeeltelijk kon accepteren om een vreemdeling te doden.

Het was nu anders.

Andreotti was de enige die ze dood wilde hebben om haar pijn te stillen, en niet Leonardo.

'Ik heb de envelop in mijn hotel als je wilt dat ik terugga naar Florence,' zei hij.

Ze leunde naast hem en streek peinzend met haar vingers over zijn borst.

'En ik kan het je terugbrengen.'

'Ja! Ik wil je terug.'

Haar ambitieuze antwoord verbaasde hem.

'Vertel me wat er in de envelop zit? Ik moet het weten. Houd het niet langer geheim.'

'Zoals ik al zei, het is een geschenk van mij aan Miguel Ángel. Niets bijzonders.'

'Het is interessant omdat ik met hem heb gesproken en hem over jou heb verteld. Het kostte hem wat tijd om te beseffen wie je bent.'

"J?"

'Hij herinnert je eraan. De dochter van zijn collega, Christopher Baldwin, een briljante dirigent. Het lijkt erop dat hij je vader respecteerde.'

"Is dat zo?"

'En het lijkt erop dat u het daar niet mee eens bent.'

Bridget scheurde de dekens van het bed en rende de badkamer in.

Dat leek genoeg om Leonardo ervan te overtuigen dat niet alleen de envelop mysterieus was, maar het hele ding waartoe het behoorde.

Er waren mysteries en leugens over en hoewel hij haar respecteerde en terug zou reizen naar Engeland om haar te ontmoeten, was hij nu betrokken bij iets dat haar leven zou kunnen bedreigen.

Hij volgde haar naar de badkamer.

Ze zat peinzend op het toilet alsof hij er niet was.

'Vertel me wat er in de envelop zit en ik beloof dat ik het tussen ons zal houden. Hij komt hier niet weg.'

Bridget keek naar hem en zag hoe slecht het ging met dit plan.

"Je mag het onder geen beding openen."

'Waarom? Je moet het me vertellen.'

Hij knielde voor haar neer en pakte haar hand.

"Wat zit er in de envelop?"

"Het is een bom".

'Een bom? Wat voor bom?'

'Een brievenbom. Hij zal ontploffen zodra Angel hem opent.'

Leonardo stond op en keek haar ongelovig aan.

De brutaliteit van de suggestie dat ze van plan was zijn vriendin te vermoorden was verwoestend, en hij zou de drager, het transportmiddel, haar aartsvijand zijn.

'Je was van plan Angel te vermoorden? Maar waarom?'

'Vanwege wat hij mijn vader heeft aangedaan.'

'Maar wat deed hij dat zo verschrikkelijk was? Ik begrijp het niet.'

'Hij liet hem zelfmoord plegen.'

"Als?"

Bridget legde de tijd uit dat ze met haar vader in Parijs en Michelangelo was en hij ruzie had in de hotelkamer.

"Mijn vader schreef een compositie die hij hem leerde. Ángel zei dat de muziek vergelijkbaar was met de muziek die hij maanden eerder had geschreven en beschuldigde mijn vader van plagiaat. Ze maakten lange tijd ruzie, vochten bijna en toen zei Ángel tegen hem: Als hij het aandurfde je op het concert te vertegenwoordigen, zou hij aanklagen."

'En was de compositie van Angel?' vroeg Leonardo.

'Ja. Mijn vader heeft het aangepast, maar hij heeft er veel aanpassingen en verbeteringen aan aangebracht. Zo veel dat hij zijn eigen werk heeft gedaan. Er was maar heel weinig van de originele partituur die Angel schreef.'

"En dus?"

"Twee dagen later dirigeerde mijn vader een concert waar Michelangelo niet aanwezig kon zijn. Hij voegde het extra stuk toe en die avond werd het voor het eerst gespeeld. Mijn vader vertelde het publiek dat het zijn laatste compositie was, maar Michelangelo deed het. Hij werd een vijand en maanden later verloor mijn vader alles wat hij had. De rechtbank was het ermee eens dat de compositie oorspronkelijk van hem was. Mijn vader was geruïneerd.'

De herinneringen kwamen bitter terug en Bridget begon te snikken toen Leonardo haar vasthield.

"Ik wist er niets van. Angel is een heel gereserveerde man, hij heeft het me nooit verteld."

Terwijl hij haar vasthield, realiseerde hij zich dat hij ook een slachtoffer zou zijn als hij de bombrief had afgeleverd.

Er was geen twijfel dat hij bij Angel zou zijn geweest toen hij het opende.

"Sorry Leonardo."

'Je weet toch dat die bom mij ook pijn zou hebben gedaan of gedood, toch?'

Bridget tilde haar hoofd van zijn schouder.

Hij veegde de tranen uit zijn ogen terwijl ze naar hem keek.

'Ja. Ik was hier bang voor, maar dat deel van het plan was niet waar het om ging.'

"Dus je staat er niet alleen voor?"

'Nee. Ik zou nooit op zo'n plan kunnen komen.'

'Dus wie is er nog meer bij betrokken?'

Ze pakte zijn hand en ging met hem terug naar de slaapkamer.

Ze gingen samen zitten en ze vertelde over de nachtclub.

"Het is niet mijn club. Dat was een manier om je daar te krijgen zodat ik je de envelop kan geven. En dat was het idee van iemand die je tegelijkertijd wilde vernederen."

Leonardo raakte steeds meer in de war.

Hij wist dat Bridget niet het type was om zo ver te gaan.

Hij liet haar verder gaan;

"Ik ontmoette Jacky, de serveerster in de nachtclub, drie maanden geleden. Ze hoorde over mijn vader en Michelangelo en wist dat ik boos was over wat er was gebeurd. Ze kwam er ook achter dat ze een ontmoeting met me probeerde te regelen, om te praten over een contract en ook hoe geïnteresseerd ze in je was. Nou, meer dan geïnteresseerd, ze wist dat ze iets voor je voelde.'

Hij glimlachte en streelde zachtjes haar gezicht.

'Is het duidelijk dat je van me hield?'

'Ja. Ik wilde je altijd al van een afstand ontmoeten toen ik je voor het eerst zag. Ik werd verliefd op je, denk ik, als dat mogelijk is.'

"In dat geval zou ik verliefd moeten worden op elke mooie vrouw die ik zie."

"Nee, Leonardo, ik meen het. Ik was verliefd op je. Voor mij was je de mooiste man die ik ooit heb gezien. En toen ik erachter kwam dat je me wilde vinden, was ik erg overweldigd."

'En Jacky? Waar past ze in dit alles?'

"Jacky kwam naar me toe. Hij benaderde me als agent en bood me een partnerschap aan voor een project dat ik van plan was in de Verenigde Staten. De belofte om tv-presentator te worden was onweerstaanbaar en ik realiseerde me dat dit iets zou kunnen zijn dat ik misschien nodig had in de toekomst. Maar naarmate de weken verstreken, realiseerde ik me dat ze geen projecten had en dat haar interesse in mij voor haar eigen doel was. Ze wilde me gebruiken om contact met je op te nemen.'

'Ik? Zal ik je ontmoeten?'

'Nee. Maar er is iemand die je hebt ontmoet en die jullie samenbrengt.'

"WHO?"

'Je zus. Jij en zij woonden samen. Ze is verdronken bij een ongeluk.'

Leonardo stond snel op en herinnerde zich plotseling die tragische nacht in Venetië meer dan tien jaar geleden.

'Jane! Dat kan niet gebeuren.'

'Ze wist niet eens hoe haar zus heette. Maar wat er ook gebeurt, Leonardo, ze vindt dat jij verantwoordelijk bent voor haar verdrinking. Ze wil je laten boeten.'

'Ik begrijp het niet. Het was niet mijn schuld.'

"Ik weet niet alle redenen waarom ze wilde dat je dood zou gaan. Maar ik weet wel dat jij en Michelangelo goede vrienden zijn geworden en Jacky heeft me ervan overtuigd dat ik ook wraak kan nemen op iemand die ik zo haat. Maar toen realiseerde ik me hoe hoezeer je ook betrokken was bij zijn plan, ik wilde dat dit stopte."

'Waarom heb je het dan gedaan? Waarom heb je het niet afgemaakt?'

'Omdat Jacky een heel machtig en gevaarlijk persoon is, Leonardo. Ze bedreigde me. Ik zag wat ze met me kon doen als ik het niet met haar eens was.'

Nu werd het hem duidelijker.

Jane was iemand op wie hij verliefd was geworden, maar ze was nu in zijn verleden.

Hij zou zich altijd die nacht herinneren toen Jane van het jacht in de haven viel.

Ze werd boos en dronken en ze waren aan het vechten.

Ze vertelde hem dat ze van het feest naar haar kamer in het hotel zou gaan en dat hij haar niet moest volgen.

Zijn lichaam werd de volgende dag gevonden.

Leonardo ging weer naast hem op het bed zitten en Bridget legde haar arm om zijn schouders, dit keer om hem te troosten met zijn droevige herinneringen.

"Was je verliefd op dit meisje?"

"Ja. Ze was alles voor mij. Ik was erg gekwetst toen het ongeluk gebeurde, maar het was niet mijn schuld. Natuurlijk wist ik dat haar familie eigen ideeën had. Ze bedreigden me maandenlang, maar toen stopte alles. Ik ben begonnen met de wederopbouw. mijn leven en carrière vanaf dat moment. En nu dit. "

"Vertrouw me Leonardo, het spijt me heel erg."

'Wacht. Als ik naar Florence was teruggekeerd, als ik dat had gedaan, dan...'

# 5.

Op de koude herfstochtend was er een dikke mist neergedaald aan de monding.

De sleepboot bewoog zich naar het midden van de rivier en toen sloegen de motoren af.

Alleen het geluid van de kleine golven die tegen de romp sloegen was hoorbaar toen Leonardo naar de achtersteven stapte en opzij keek.

De envelop zat in zijn gehandschoende handen.

Hij wierp nog een laatste blik en liet het toen in het koude water vallen. Eerst zag hij het drijven en toen uit het zicht verdwijnen toen het in de troebele rivier zonk.

Bridget ging achter hem staan en draaide zijn hoofd naar haar toe.

'Dat klopt. Dus nu kan hij geen kwaad meer doen,' zei hij.

Ze omhelsde hem, omhelsde zijn arm en zuchtte van opluchting.

Hij klopte op haar hand en kuste lichtjes de bovenkant van het hoofd.

Dat was de enige manier waarop ze zich konden voorstellen dat ze de bombrief zouden weggooien.

Leonardo instrueerde de piloot om terug te keren naar de haven.

De mist begon iets op te trekken toen de ochtendlucht de lucht opwarmde en de oranje gloed van de zonsopgang verscheen.

Ze zaten allebei op het opgerolde riet.

Bridget verbond zijn arm en knuffelde niet alleen met warmte maar ook met genegenheid terwijl de langzaam bewegende boot zijn weg vervolgde.

Hij keek haar aan en tilde haar kin op om haar aan te kijken.

"Ik hou van je ogen. Je hebt prachtige blauwe ogen die voor zich spreken," vertelde hij haar.

Ze glimlachte naar hem terwijl hij naar haar keek.

"Ik verdrink in hen."

Ze lachte, giechelde bijna en vond zijn opmerking best grappig.

'Ik wed dat je dat aan elk meisje dat je tegenkomt vertelt.'

'Nee, niet allemaal. Alleen degenen wiens ogen net zo mooi zijn als die van jou.'

'O. En hoeveel mooie ogen zoals de mijne ken je tot nu toe?' Zij vroeg.

'Ontelbare. Maar echt, die van jou zijn de mooiste ooit.'

'En u zegt dat ze voor zichzelf spreken? En wat vertellen ze u?'

"Ze vertellen me dat ik op dit moment de gelukkigste man ben."

Zijn glimlach kalmeerde een beetje.

Ze had het belang gevoeld van wat hij op het punt stond te zeggen, en ze had gelijk toen ze het geluk had te zijn waar ze nu was in plaats van terug te keren naar Florence zoals ze oorspronkelijk van plan was.

'Ik weet dat je me diep van binnen nooit zult vergeven dat ik met je heb gespeeld. Omdat ik heb gelogen. Ik heb niets gedaan om te voorkomen dat je naar Florence terugkeerde...'

Hij drukte twee vingers tegen haar lippen om te voorkomen dat ze verder ging.

'Stil. Je hebt iets gedaan. Je hebt me laten blijven omdat je bent wie je bent. Ik kon niet weggaan zonder je weer te zien.'

Toch betwijfelde ze of hij gelijk had en voelde ze zich van binnen zo schuldig.

Om het moment te sussen, glimlachte ze opnieuw en stapte dichterbij om zijn kus te ontmoeten.

"Ben je wel eens een ophef geweest?"

Ze vroeg hem nadat haar lippen van elkaar gingen.

"Wat is in godsnaam een plons?"

'Nou, dan is het duidelijk dat je er nog niet bent geweest.'

'Maar ik heb het gevoel dat je me meeneemt naar een, toch?'

Bridget knikte met een boze glimlach.

De sleepbootpiloot accepteerde de betaling voor de privéreis en de twee geliefden stapten uit en stapten in de wachtende auto.

Toen realiseerde Bridget zich iets waar ze niet eerder verliefd op was geworden.

De chauffeur was dezelfde man die haar naar de nachtclub reed, en Jacky's woorden echoden door zijn hoofd.

"De chauffeur werkt voor mij."

"Dus waar nu?" vroeg Leonardo.

Bridget staarde vanaf de achterbank in de achteruitkijkspiegel van de bestuurder en staarde hem aan.

Ze schrok toen ze merkte dat de chauffeur het zag.

'Bridget? Gaat het? Het lijkt alsof je een geest hebt gezien of zo.'

'Nee! Ik ben in orde. Ik denk dat we nu terug moeten gaan naar mijn appartement.'

'Dat vind ik prima. Die plons komt misschien later?'

"Van nature."

* * *

Terwijl de chauffeur door het ochtendverkeer reed, bleef de chauffeur haar af en toe met zijn spiegel aankijken en Bridget kon zijn blik voelen.

Leonardo was zich niet bewust van wat er gebeurde, maar nu was het duidelijk dat er een gevoel van gevaar was.

Jacky en degenen die voor haar werkten, konden alles.

'Chauffeur? Zo zijn we niet gekomen.' Zei Leonardo

"Het is een omweg, meneer, om uit het drukke verkeer te komen," antwoordde de chauffeur.

"Het spijt me, maar ik ben een vreemdeling in deze stad, vergeef me voor mijn inbreuk."

"Dat is goed meneer, geen probleem."

Bridget pakte Leonardo's hand stevig vast.

"Wat gebeurt er?" vroeg Leonardo.

Ze keek hem alleen maar bezorgd aan en hield hem nog steviger vast.

"Vertel het me?"

"Misschien gaat het niet goed met de dame meneer?" vroeg de chauffeur.

'Bridget, voel je je ziek?'

Plots versnelde de auto op een toegangsweg die leidde naar een snelweg die de stad uitreed.

'Rustig maar, dan breng ik je zo naar huis,' legde de chauffeur uit.

Leonardo begon te beseffen dat er iets heel erg mis was.

'Wacht. Waar gaan we heen?'

"Huis."

'Dit is niet de weg naar het appartement van juffrouw Baldwin.'

'Zei ik al dat het uw huis was, meneer?'

"Draai je nu om!"

'Rustig maar,' antwoordde de chauffeur, terwijl hij Bridget recht in de achteruitkijkspiegel aankeek met een boze grijns op zijn gezicht.

Ze sloot haar ogen toen ze paniek voelde, maar ze vocht ertegen, ze moest sterk zijn, opnieuw had ze niet alleen Leonardo's leven in gevaar gebracht, maar ook dat van haarzelf.

"Maak je geen zorgen schat, ik zal dit zo snel mogelijk oplossen." Leonardo verzekerde hem.

De reis bracht hen naar het platteland en naar een afgelegen huis aan een rustige landweg.

De auto draaide door open deuren een oprit op en terwijl ze doorreden, sloten de deuren zich automatisch achter hen.

"Van wie is dat?"

'Hier woont Jacky.' antwoordde Bridget.

* * *

Het huis was groot en gelijkvloers.

De auto stopte bij de hoofdingang.

Andere auto's van allerlei aard stonden in de buurt geparkeerd, waaronder een opvallende groene Lamborghini.

De chauffeur opende de deuren en Leonardo sprong op maar keek hem aan, maar werd tegengehouden door twee mannen in donkere pakken die uit het niets leken te verschijnen.

Elk hield hem bij een van zijn armen vast.

"Laat me gaan!"

"Oh alsjeblieft, laten we hier geen ophef van maken."

Jacky verliet het huis door de voordeur en ging naar Leonardo.

"Laat maar vallen jongens."

'De serveerster. Dus we zien elkaar wel weer.'

'Hoor eens, ik ben net zo goed een serveerster als u een neurologisch chirurg bent. Maar laten we het hier nu niet over hebben. Welkom op mijn nederige plek, meneer Biscas, ik verheugde me erop u weer te zien.'

Bridget zat net in de auto.

De chauffeur leunde tegen de deur en wachtte tot ze uitstapte.

'Blijf je daar de hele dag?' Ik vraag.

Ze keek hem aan, haastte zich naar buiten en sloeg de deur dicht.

'Leonardo, het spijt me dat dit moest gebeuren.'

'Maak je geen zorgen, Bridget, het lijkt erop dat Jacky vastbesloten is mij als gast te hebben.' Hij keek naar Jacky en glimlachte naar hem. 'Ik hoop dat we welkom zijn.'

'Natuurlijk. Er zijn nog wat onafgemaakte zaken. Ga alsjeblieft naar binnen.'

Het huis leek enorm.

Ze volgden hun gastvrouw naar een kamer die versierd was met erotische schilderijen aan de muren en een groot raam dat zich van muur tot muur uitstrekte en uitkeek op een gazon dat eruitzag alsof het eeuwig zou duren.

De ochtendzon kwam de kamer binnen en maakte het luchtig en licht.

'Doe alsof je thuis bent. Thomas haalt je jassen op.'

Thomas de knecht wachtte tot Leonardo en Bridget hun jassen uittrokken en verliet toen de kamer met hen over één arm.

Leonardo zag de kleine man een beetje worstelen om de deur achter zich te sluiten.

'Je hebt een vreemde manier om je gasten uit te nodigen.'

'Het spijt me. Maar dat is de enige manier waarop ik wist dat je hier kon zijn. Zou je een paar frisdranken willen nemen? Misschien een ontbijt?'

"Nee bedankt, we hebben al gegeten." antwoordde Bridget.

'Je hebt een heel mooi huis, Jacky.' Leonardo vertelde het haar.

'Ja, dat is zo. Jammer dat je haar twaalf jaar geleden niet kon bezoeken.' antwoordde Jacky.

"Oh ja, ik was uitgenodigd door Jane, maar ik had andere dingen te doen."

'Waarom zijn we hier, Jacky?' vroeg Bridget, het gesprek afbrekend om verdere misverstanden te voorkomen die zich opnieuw zouden kunnen voordoen.

'Nou, ik dacht dat een beetje lol wel relevant zou zijn.'

'Wat bedoel je, wil je me vermoorden?' Zei Leonardo.

Nu was hij eraan gewend dat ze allebei waren ontvoerd.

"Zei ik dat?" vroeg Jacky. 'Je hebt echt heel weinig mening over mij, Leonardo. Ik ben erg teleurgesteld in je.'

'Hij weet van de bombrief, Jacky.' Bridget uitgelegd.

'En je hebt hem volgens mij alles over ons plannetje verteld.'

'Alles wat ik moest weten.'

'Je weet dat dat een heel goed plan was als ik het zelf kon doen. En het is jammer dat het nooit is gebeurd. En Bridget, jij was de zwakste schakel.'

"Dus je gaat plezier met ons hebben?" vroeg Leonardo. 'Zoals laatst?'

"Je vond het leuk."

"Misschien wel. Ik hou van de liefkozingen van een mooie vrouw, vooral van iemand die me laat eindigen zoals jij. En aan het gevoel van je vingers kon ik zien dat je er ook van genoot. Je hand trilde, misschien met de ik willen dat ons spel doorgaat."

Jacky glimlachte en ging naar Leonardo.

Ze streek met haar vinger over zijn dij en stopte tegen zijn kruis.

"Ik vind het heerlijk als ik een man laat klaarkomen. Het geeft me een gevoel van controle en dominantie over hem."

'Als iemand anders die ik ooit heb gekend.' Leonardo antwoordde met een glimlach.

'Ja. Maar die ander heeft in zijn dagboek geschreven wat je hem hebt aangedaan.'

'Ze wilde deze dingen. Ik weet zeker dat je dat kunt begrijpen.'

'Waar hebben jullie het over?' vroeg Bridget. Ze voelde zich buitengesloten van het gesprek en wilde op de hoogte blijven van de zich ontwikkelende situatie.

"Jane en Leonardo". antwoordde Jacky.

"Welk ding?"

"Onze kleine privé-spelletjes". antwoordde Leonardo.

Hij en Jacky hadden oogcontact gemaakt alsof ze met hun hoofd communiceerden zonder anderen uit te sluiten, maar ze waren gewoon in een staat van verbale verbetering, wachtend tot ze weer commentaar zouden geven.

'Ik heb de laatste aantekeningen in je dagboek gelezen.' legde Jacky uit. 'Wat was het argument op de avond dat je haar over de rand van het jacht duwde?'

'Ik heb haar niet geduwd. Ze verliet de groep om terug te keren naar onze hotelkamer aan land. Toen bleef ze om de een of andere reden dronken en leunde over de reling van het jacht.'

'Dat is wat je ons wilt laten geloven.'

'Dat is de waarheid. En hoe dan ook, wat ze in haar dagboek schreef, zal pure fantasie zijn. Net als jij, Jacky, had ze een heel wilde fantasie.'

"Wacht!" Bridget hief haar hand op en hakte hem af. 'Kunnen we hier een akkoord bereiken? Vergeet het verleden en het hele plan? Laten we er niet meer aan denken.'

"Is het dat wat je wilt?" vroeg Jacky lachend.

"Ja. Het was allemaal te gek en ik denk ook dat dit uit de hand loopt."

"Precies." antwoordde Leonardo.

'Ik niet. Heb je Angel al vergeven?'

"Ik was dom." antwoordde Bridget. 'Ik heb overdreven. En bovendien is er nog nooit iemand gewond geraakt.'

"Ok, laten we het dan maar neerleggen. Maar er is nog iets dat ik moet doen."

Jacky belde vier keer met een klein koperen belletje en Thomas kwam terug.

"Ja mevrouw?"

Hij boog en ging naast zijn geliefde staan.

De grote grijns die Bridget al had ontmoet was weer op zijn gezicht verschenen.

Thomas had iets ondeugends dat hij altijd graag meedeed aan Jacky's spelletjes.

'Heb je de speciale kamer al voorbereid?'

"Ze is klaar."

'Goed. Dan denk ik dat het tijd is voor wat plezier. Willen jullie me allebei volgen, alsjeblieft?'

Leonardo keek Bridget vragend aan.

Ze schudde als antwoord haar hoofd en ze volgden allebei hun gastvrouw en bediende de kamer uit.

Ze leidde hen de trap af die naar de kelder leidde en vervolgens naar een andere kamer.

Binnen was de kamer ingericht als een kerker.

Aan de koude grijze stenen muren bungelden boeien, een kooi die groot genoeg was voor twee personen en een roestvrijstalen operatietafel met stijgbeugels aan het ene uiteinde.

Aan de ene muur waren kluisjes met zwepen, kettingen en verschillende andere instrumenten van pijn en plezier.

'Mijn God! Dat had ik kunnen verwachten.' Leonardo mompelde.

"Onder de indruk?" vroeg Jacky met een glimlach.

"Het zou moeten zijn?"

Dit was niets nieuws voor Bridget.

Ze had zelfs het idee om Leonardo naar een vergelijkbare plek te brengen, hoewel het misschien niet zo vijandig of koud was.

Het was een plek die haar vrienden hadden voor privé-plezier; slaan en slaan.

Maar dat was meer ontmoedigend, meer schandalig.

Daarvoor had ze alleen anderen zich aan dergelijke daden zien overgeven.

De suggestie die ik hem wilde doen was om er een beetje mee te experimenteren. Niks anders.

'Jane hield van deze kamer. Ben je verrast, Leonardo?' vroeg Jacky.

"Niet echt."

'Toen dit huis voor ons werd gebouwd, had ze deze kamer klaar voor haar vrienden. Dus natuurlijk heeft ze jou ontmoet, Leonardo.' Zijn stem echode van de muren terwijl hij sprak en liep om Leonardo heen alsof hij hem wiegde. "Toen kwam ik erachter wat ze hier aan het doen was. Haar spelletjes. Ik realiseerde me al snel dat mijn zus een beetje vreemd was in haar seksuele voorkeuren. Ik dacht dat ik ze zelfs zelf kon uitproberen als ik ouder werd. En zo voel ik me het soort Van plezier. " daar genoot hij van. "

"J?" vroeg Leonardo.

"Geniet ervan".

Jacky ging op een krukje zitten en liep naar een van de boeien.

Hij pakte de armband op en voelde het koude metaal tussen zijn vingers.

"Ik heb geleerd te genieten van het plezier dat pijn en marteling kunnen brengen."

'Kan iemand uitleggen waarom we hier zijn?' vroeg Bridget

'Natuurlijk. Ik zal jullie allebei dit plezier laten delen.' Jacky ging naar Bridget en ging met zijn hand zachtjes door haar haar. 'Heb ik Bridget niet beloofd je wat dingen te laten zien? Ik denk dat je er nu klaar voor bent. Weet je zeker dat jij en Leonardo samen seks hebben gehad?'

"Ja." antwoordde Bridget.

Haar ogen dwaalden naar Leonardo terwijl hij naar Jacky staarde terwijl hij de zilveren knopen een voor een losmaakte van de schouderband van Bridgets jurk.

"Wat doe jij?"

'Ik zal je voorbereiden.'

Jacky ging door met het andere bandje totdat de voor- en achterkant van de jurk eraf vielen, waardoor Bridgets zwarte kanten bh bloot kwam te liggen.

En een zachte ruk stuurde de jurk naar haar enkels.

Leonardo bleef kijken terwijl Bridget in haar ondergoed bleef.

Zwarte string en kousen gedragen door een jarretellegordel die de zachtheid van haar roze, bijna onberispelijke huid complimenteert.

"Heb ik je ooit verteld, Bridget, dat je me echt geil maakt?" vroeg Jacky.

Zijn stem was nu bijna een fluistering toen hij in Bridgets blauwe ogen staarde, die een zekere angst in zich hadden.

Bridget keek naar Leonardo en vroeg zich af of hij zou stoppen als Jacky haar beha van voren losmaakte en haar stevige borsten onthulde.

"Wat heb je prachtige borsten Bridget. Ik hou van je."

Jacky pakte voorzichtig haar tieten en hield ze stevig vast; Hij streek zachtjes met zijn duimen over elke tepel en keek toe hoe ze hun maximale erectie bereikten.

Bridget sloot haar ogen en voelde Jacky's koude handen.

Ze was nog nooit zo door een andere vrouw aangeraakt en op de een of andere manier voelde het gevoel vreemd maar aangenaam aan.

"Maak je geen zorgen, ik zal je geen pijn doen. Ik speel gewoon met je."

"Waarom doe je dit?"

'Omdat ik het je beloofd heb. Weet je het niet meer?'

Jacky wendde zich tot Leonardo en lachte hem uit.

"Kijk naar hem? Hij houdt van zien. Ik wed dat zijn pik nu hard is en hij wil opgelucht worden. Wist je dat Leonardo graag keek en tegelijkertijd gezogen werd?"

"Stop het nu." antwoordde Leonardo.

"Waarom zou ik dat doen?"

'Bridget, ga je me nu vertellen dat je niet wilt dat dit zo doorgaat?' Ik vraag.

"En als ik nee zeg?" Bridget antwoordde gelaten. 'Ga je doen om te voorkomen dat er gebeurt wat je wilt?'

# 6.

Bridget stond voor de gladde grijze muur.

De metalen manchet van de beugel sloot zich om haar pols toen Leonardo een stap achteruit deed en zijn hand over haar blote billen streek.

'Ik beloof je dat ik je niet zal vastbinden,' zei hij tegen haar.

Ze vertrouwde hem, maar tegelijkertijd kon ze niet geloven hoe ver hij daarmee ging.

Toen hij zich omdraaide, richtte Jacky een klein pistool tussen zijn vingers.

'Wacht! Nu is het jouw beurt, Leonardo. Doe je kleren uit.'

"Ik denk niet dat dit wapen nodig is."

'Nou, ik heb er meer vertrouwen in dat je me zult gehoorzamen.' Jacky reageerde door de trekker over te halen.

'Je vertrouwt me niet, hè Jacky? Je moet me zo haten.

'Ik haat je niet. Ik vind het gewoon leuk om met je te spelen,' glimlachte hij.

Leonardo begon zich langzaam uit te kleden terwijl Jacky op een krukje zat te kijken.

Hij kon zien dat ze niet gewend was een pistool te gebruiken zoals ze het vasthield.

Hoewel het klein en licht was, leek het zwaar in zijn hand.

Ze keek toe hoe hij zich uitkleedde en genoot ervan.

Bridget probeerde achterom te kijken, haar armen een beetje los en geboeid.

"Ik vind het niet erg om je spelletjes te spelen Jacky, maar dat is te gek," merkte ze op.

'Niet echt. Je bent niet gewend aan dominantie, dat is alles.'

"Een wapen? Dit is geen overheersing. Dit is waanzin."

"Laten we het gewoon een nieuw speeltje noemen. En enger maakt het spel interessanter, vind je niet?"

Toen Leonardo naakt was, stond Jacky op en liep naar hem toe.

Hij richtte het pistool op zijn borst en schoof het toen over zijn navel en toen naar het puntje van zijn mannelijkheid, springend en dreigend.

'Nu begrijp ik waarom Jane je zo leuk vond,' zei ze tegen hem. 'Heel interessant is wat je daar beneden hebt.'

"Ik ben zo blij dat je het leuk vindt." Leonardo glimlachte.

Hij was diep van binnen bang, maar hij wilde het verbergen om Jacky niet te laten zien dat hij de touwtjes in handen had.

Maar ze was een expert als het gaat om angst en hoe mannen ernaar streven om moedig te zijn onder die druk.

Voor hen was het onderdeel van het spel.

'Zie je die zweep daar in de kast?'

Leonardo keek en zag een roodleren zweep aan het handvat van een haak in de open kast hangen.

Het had veel staarten die bijna drie voet lang waren.

"Er achter komen."

Hij ging naar de kast en haalde hem eruit, en terwijl hij zijn staart tussen zijn vingers liet glijden, realiseerde hij zich wat het betekende.

'Voelt goed, nietwaar, Leonardo?' vroeg Jacky.

"Zo ja".

'Jane vond het geweldig, nietwaar?'

'Ze wilde het. Ze vroeg me om het te doen.'

'Nee. Ze vroeg je om te stoppen, maar je deed het die avond niet, toch? In plaats daarvan bleef je haar slaan en slaan tot haar rug begon te bloeden. Je duwde haar over de rand.'

'Dat is niet waar, Jacky,' antwoordde hij terwijl hij zich naar haar wendde en de pijn in haar ogen opmerkte.

"Ze wilde altijd meer. Ze dwong me het te doen. Ze zei dat ze me zou verlaten als ik het niet deed. Ik hield zoveel van haar dat ik er niet tegen kon. Dus ik bleef doorgaan totdat ze flauwviel."

"Dat zegt hij niet in zijn laatste post."

'Ik heb het je toch gezegd. Ze schreef alleen maar fantasieën in haar dagboek.'

'Dus waar hadden jullie twee ruzie over?' Jacky stond dicht bij hem en eiste.

"Daar ging het niet om. Het ging om zijn nieuwe ideeën en dat kon ik niet accepteren."

"Welke ideeën?"

"Ze wilde me met een andere man naast mij delen. En ik wilde haar met niemand anders delen."

"Volgen..."

Leonardo begon zijn verhaal te vertellen:

"We kwamen naar het feest op het jacht en begonnen ons onder de andere gasten te mengen. De jurk die ze droeg verborg die vreselijke bulten op haar rug, maar er was nog steeds een spoor van bloed dat door haar kleren sijpelde. Ik vertelde haar dat Party had gedaan het was een slecht idee en dat we terug moesten naar het hotel. Ze was het daar niet mee eens en begon te praten met deze man die we een paar dagen eerder op het festival hadden ontmoet. Ik keek naar ze allebei. Ze vonden een rustige plek weg van de menigte en hij schrok. Hij zag de donkere bloedvlekken op de kleren en vroeg hem er duidelijk naar. Toen zag ik ze naar me kijken en ze glimlachten en fluisterden naar elkaar. Ik stelde me voor waar ze het over hadden."

Bridget luisterde aandachtig.

En nu wist ze ook wat Jacky voor haar en Leonardo had gepland in deze kerker.

Leonardo vervolgde:

"In de loop van de nacht werd Jane langzaam dronken. De man was nog steeds bij haar. Toen kwam hij terug naar mij en zei dat ze hem had uitgenodigd om later terug te komen naar onze hotelkamer voor de lol. Deze keer wilde ze iets meer dan pijn. Haar wilde dat we haar allebei tegelijk neukten."

Jacky keek hem aan.

Zijn gezicht stond verdrietig bij de herinneringen.

'En je hebt duidelijk nee gezegd?'

'Ja. Ik vertelde haar dat het een gek idee was en ze zei dat ze ging. Ik wist dat ik deze man in de gaten kon houden als ze alleen zou gaan. Zorg er in ieder geval voor dat hij haar niet volgt.'

'Dus wanneer is ze weggegaan...?'

"Niemand wist dat hij er nog was, wachtend op het dek op zijn taxi. Toen gebeurde het en niemand wist het totdat ik terugkwam in het hotel en onze kamer leeg aantrof. Ik dacht dat hij eindelijk de andere persoon had ontmoet, dus nee, ik dacht aan niets anders. Dan in de ochtend ... "

'Ik geloof je nog steeds niet.'

Leonardo haalde diep adem en keek haar aan.

"Ik had dat niet verwacht."

"Dan is het tijd om die avond opnieuw te beleven. De momenten in de hotelkamer voor het feest." Jacky wendde zich tot Bridget. 'Daar is ze. De vrouw van wie je zoveel houdt om pijn te doen en te martelen.'

'Nee! Bridget is anders.'

'Echt waar? Dat is nog beter. Ik kan ervan genieten als je haar straft.'

Bridget begon te worstelen met de boeien, maar de handboeien zaten om haar polsen vast.

"Je kunt me niet maken Jacky!" Ze schreeuwde. "Laat hem dit alsjeblieft niet doen, alsjeblieft."

Hun geschreeuw weergalmde wanhopig tegen de muren van de kerker.

"Ik ga het niet doen." antwoordde Leonardo.

Jacky keek hem aan en richtte het pistool op zijn gezicht.

'Ja, dat wil je. Het is een cadeau voor jullie allebei. Het is een cadeau voor je leven.'

'Ga je ons allebei vermoorden als ik weiger?'

"Ik zou daar geen probleem mee hebben."

'En hoe ver moet ik gaan, Jacky?'

"Tot het einde".

Leonardo ging naar de muur waar hij Bridget ving.

Hij kon haar horen huilen, doodsbang voor de pijn die ze al had verwacht en afschuw dat het Leonardo was die haar die pijn zou geven.

Toen besefte ze bij zichzelf dat ze het misschien verdiende om hem en Angel te vermoorden, en toen stopte ze met huilen.

'Ik hou van je, Leonardo,' mompelde ze, haar gezicht tegen de muur geleund en bevlekt met haar tranen. 'En ik zal je vergeven.'

'Ik kan je niet expres pijn doen, Bridget. Begrijp je dat?'

'Ja. Maar misschien verdien ik het. Daarom zal ik je vergeven.'

'Nee. Je verdient het niet.' Zijn vingers volgden de lijn van haar ruggengraat. 'Dat is niet jouw ding, maar ik ben zwak.' Hij draaide zich om en keek naar Jacky, ging rechtop zitten en richtte het pistool nog steeds op hem, een glimlach op haar gezicht. "Zwak omdat ik gedwongen ben."

Halverwege tussen Jacky en Bridget deed hij een stap achteruit en sloeg met zijn hand.

Toen deed hij een stap opzij en voelde zijn gewicht. Hij waardeerde de swing die nodig was om de eerste treffer te krijgen.

Hij keek naar de deur en hief langzaam zijn arm op.

'Ik zie dat je al een expert bent in de zweep. Oké, dat is misschien leuk.' merkte Jacky op.

Er lag een uitdrukking van concentratie op zijn gezicht en vanuit zijn ooghoeken keek hij Jacky aan.

De zweep ontplofte.

Niet tegen Bridget, maar tegen Jacky.

De staarten krulden zich onmiddellijk om hun nek in een opgerolde greep, wat hen verraste.

Het pistool viel op de grond en Leonardo bukte om het op te rapen toen Jacky van de kruk viel.

"Bastaard!"

Jacky hapte naar adem.

De staarten van de zweep waren zo strak opgerold dat ze bijna zijn ademhaling blokkeerden.

Leonardo stond op en wees naar haar, met het pistool in beide handen.

"Hoe voelt dat nu?" Ik vraag.

"Schiet op!" Ze antwoordde en maakte de staarten los.

Ze hadden rode vlekken rond zijn nek achtergelaten, pijnlijk maar zonder tekenen van een bekraste huid.

Ze ging rechtop zitten en gooide de zweep van haar af.

"Nee, Jacky. Misschien ben ik degene die je nu moet neuken. De deur is dicht en niemand kan iets buiten of boven ons horen."

"Leonardo! Alsjeblieft niet!" riep Bridget.

'Je komt er nooit levend achter.' Waarschuwde Jacky. 'Doe wat je wilt, maar het zal het laatste zijn. Voor jullie allebei.'

Hij deed een stap terug naar Bridget en opende een van de boeien om haar te bevrijden, zodat ze de andere zelf kon verwijderen.

"Doe me een plezier." Bridget wreef over haar polsen en keek hem aan. 'Ga naar boven en vraag Thomas om bij ons te komen zitten.'

"Nee waarom zou ik?"

"We moeten hier weg."

'Je gaat hem toch geen pijn doen?'

"Ik zal het niet proberen."

Bridget rende naar de deur en deed hem open.

Ze was helemaal naakt, maar het kon haar niets meer schelen.

Hij rende de trap af en vond de deur van de woonkamer openstaan.

"Thomas!" Ze belde.

Hij wachtte.

Een pistool in zijn hand wees op haar en die kenmerkende glimlach op zijn gezicht.

Ze zag de tv en die toonde het visioen van de kerker.

Thomas had alles vanuit het comfort van een fauteuil bekeken.

# 7.

Thomas legde het pistool op de lage tafel en keek naar Bridget, die voor hem stond.

'Maak je geen zorgen, juffrouw Bridget, hij is niet geladen,' zei hij.

Zijn ogen onderzochten elke centimeter van haar naakte lichaam met bewondering.

'Heb je naar ons gekeken?'

'Ja. En opnemen. De dame houdt ervan om alles op te nemen. Er zijn overal in dit huis verborgen camera's.'

'Je moet ons helpen hier weg te komen.'

'Het spijt me, juffrouw Bridget, maar u zult de enige zijn die gaat.'

"Wat bedoelt u?"

Thomas glimlachte en zijn ogen vielen op iemand achter haar.

Hij draaide zich om, maar voelde alleen een scherpe pijn in zijn billen die leek te branden als vuur en het gezicht van een van de lijfwachten die van achteren tuurde met doordringende blauwe ogen.

"Wat..."

'Lieve dromen, juffrouw Bridget... zoete dromen.'

Thomas' stem leek door de kamer te echoën, rond zijn hoofd, terwijl het gezicht van de lijfwacht zich in zijn gezichtsveld verdraaide.

Een gevoel van rust kwam over haar en plotseling leek alles om haar heen op te gaan in een grijze mist en een aangename stilte.

* * *

De limo reed langzaam het steegje in.

De duisternis van de nacht dwong de bestuurder om de straat te verlichten met de grote koplampen en stopte toen aan het einde.

Twee gedrongen figuren verschenen achter in de auto, met een traag lichaam, dat ze vervolgens voorzichtig in een stapel plastic vuilniszakken stopten.

Het lichaam zonk erin en verdween bijna toen de zakken om hem heen sloten onder haar gewicht.

De figuren trokken zich terug en keerden, net zo stil als ze uit de auto waren gekomen, terug naar de auto.

Hij liep de steeg in en weg van daar.

* * *

De dageraad verspreidde zijn licht over de stad.

De vuilnisman liep door het steegje en controleerde de tassen die naar het voertuig moesten worden gebracht dat in de straat aan het begin van het steegje stond te wachten.

Hij liep naar de vuilniszakken en schopte ze om hun gewicht te controleren, maar een dunne arm viel slap naar hem toe.

"Heilige shit!" hij riep uit.

Bij nadere inspectie ontdekte hij dat de arm van een vrouw was.

Ze droeg een jas en haar lange bruine haar bedekte het grootste deel van haar gezicht.

Met zijn gehandschoende hand veegde hij haar haar opzij en keek haar aan.

"Oh mensen! Help me!" de Schreeuw.

* * *

Bridget opende haar ogen.

Het bleekgroen van het plafond was het eerste wat hij zag toen zijn ogen scherp werden, gevolgd door een constante pieptoon die zijn hartslag moet zijn geweest.

Ze lag op een matras en voelde geen onmiddellijke nood, maar er was een innerlijk gevoel van angst en bewusteloosheid dat naar voren kwam toen de rest van haar zintuigen begonnen te ontwaken.

'Waar ben ik? Iemand helpt me.'

"Het is in orde."

Het was de stem van iemand die haar naderde, en toen zag ze het gezicht van iemand die haar met een glimlach aankeek.

De vertrouwde vorm van de witte muts van de verpleegsters gaf hem zekerheid.

"Blijf kalm, schat, alles is in orde."

"Waar ben ik?"

"Je bent veilig. Probeer kalm te blijven, alles is in orde." De verpleegster streek met haar vingers over Bridgets gezicht. 'Je bent in het stadsziekenhuis en alles komt goed.'

'Leonardo? Waar is Leonardo?'

'Ik zal de dokter halen. Blijf alsjeblieft kalm.'

* * *

Bridget lag in het ziekenhuisbed naar de dokter te staren.

Zijn volwassen maar mooie uiterlijk gaf haar een veilig gevoel, tenminste toen zijn stethoscoop haar borst raakte.

De verpleegster stond achter hem en stuurde hem een geruststellende glimlach die hem vertelde dat alles in orde was.

Hij keek naar haar stevige borsten en rechtte haar tepels terwijl hij achterover leunde, dus sloot hij langzaam zijn kleren om ze te bedekken.

'Het komt goed, juffrouw. Alles lijkt normaal.'

'Maar ik kan me nog steeds niet herinneren hoe ik hier ben gekomen', zei ze tegen hem.

'Alles komt op tijd bij je terug. Het enige wat je nu hoeft te doen is rusten.'

'Ik herinner me iemands naam, dat is alles. Ik weet niet eens mijn eigen naam.'

'Zou de naam van die persoon Leonardo zijn?'

'Ja. Maar ik weet niet precies wie hij is. Ik zie alleen zijn gezicht en naam in mijn hoofd, maar verder niets.'

'Zoals ik al zei...' Hij legde zijn hand zachtjes op de hare, '... dit komt allemaal bij je terug. Rust nu uit en geef jezelf de tijd.'

De dokter glimlachte naar hem en stond op.

Zijn lange lichaam torende boven haar uit en zelfs dat van de kleine verpleegster aan haar zijde.

'We hebben gekeken naar andere dingen die hem hadden kunnen overkomen. Het lijkt er in ieder geval op dat hij niet seksueel is misbruikt, wat een opluchting voor je zou moeten zijn.'

'Ja. Maar het zou me ook helpen herinneren hoe ik hier ben gekomen.'

'Nou, ik denk dat ik wat licht op de duisternis kan werpen,' vervolgde de verpleegster. "Hoewel ze bijna naakt was toen ze je in de steeg vonden, was de jas die ze droeg een heel duur designerlabel. En haar naam was aan de binnenkant genaaid."

"Mijn naam?"

'Ik weet niet meer of Bridget Baldwin op jou had moeten lijken, maar dat was de naam aan de binnenkant van de jas. Een supermodel, als ik het me goed herinner?'

Bij het noemen van de naam Bridget kreeg ze het diep van binnen warm.

Hoewel het zijn eigen naam was, herkende zijn geheugen hem niet als zodanig, hoewel het geluid ervan iets in zijn diepste bewustzijn leek te triggeren.

'U hebt bezoek, juffrouw,' legde de verpleegster uit. 'Politie-inspecteur Robert Harris. Maar ik raad u aan alleen met hem te praten als u zich goed genoeg voelt.'

"Precies," antwoordde de dokter. 'Hij moet rusten. Hij kan later met je praten.'

"Niet." Bridget ging zitten. "Ik wil het nu zien".

'Oké. Maar vraag haar om te gaan als je je te gespannen voelt, oké?'

"Maak je geen zorgen, ik zal."

De medici gingen weg en heel even zag Bridget beelden door haar hoofd gaan.

Herinneringen ontwaakten in haar, alsof Leonardo's gezicht naar haar keek terwijl hij zijn lid in haar duwde.

Ze voelde het zo echt.

Toen vervaagden de beelden weer even snel als ze kwamen toen de deur van haar kamer werd geopend.

'O mijn god! Ik kan het niet geloven,' zei de man van middelbare leeftijd, haar aanstarend. "Ik ben Bobby Harris." Hij hield zijn penning omhoog om te bevestigen wie hij was, ook al was het te ver voor haar om duidelijk te zien. 'U bent juffrouw Baldwin. Ik wist het.'

Harris trok een stoel bij en ging naast het bed zitten.

Bridget keek hem aan en speelde met zijn woorden in haar gedachten. 'U bent juffrouw Baldwin.'

Zijn gezicht klaarde op van een glimlach toen hij een notitieboekje uit zijn jaszak haalde en door de pagina's bladerde.

'Sorry? Zei je dat ik...?'

'Dat klopt. Jij bent Bridget Baldwin. Het supermodel.'

"Echt?"

"Je kunt erop wedden. Ik weet dat je op dit moment problemen hebt met je geheugen, maar de dokter zei dat het geleidelijk zou herstellen. Dus ik dacht dat het de juiste keuze was om hierheen te komen om mezelf voor te stellen. Ik hoop dat je het niet was." niet erg, juffrouw."

"Nee, ik vind het niet erg".

Het nieuws van zijn identiteit verbaasde haar.

Met haar gedachten begon ze te accepteren wie ze werkelijk was.

En dan te bedenken hoe een supermodel zoals zij, met alleen een jas en niets anders, in een steegje zou kunnen worden gegooid.

'Om het samen te vatten. Herinner je je iets?' Ik vraag.

'Ja. Slechts één persoon.'

'En wie zou deze persoon kunnen zijn, als ik vragen mag?'

"Leonardo".

'Een man? Herinner je je een man die Leonardo heet? Nog iets anders?'

'Dat is het. Meer niet.'

De inspecteur keek haar aan.

Haar kleren waren een beetje uit elkaar gevallen toen ze opstond uit het bed om de ronde vorm van haar borsten te onthullen en zijn blik viel op haar.

'Weet je niet wie deze man is?'

'Nee. Ik weet alleen zijn naam en ik zie zijn gezicht in mijn hoofd naar me staren.'

"Beschrijving?"

"Hij is mooi ...".

Even kwamen de herinneringen aan hem terug toen hij van haar hield.

"...hij is..."

"Ja?" vroeg de inspecteur.

Haar ogen wierpen een nadere blik op de open jurk.

Hij kon nu de vage hint van haar tepel zien, maar hij merkte meteen dat ze naar hem keek terwijl hij bijkwam van haar spontane en opwindende herinnering.

"Ik denk dat hij iemand is die ik heel goed ken."

"Aha." Hij bladerde door zijn notitieboekje en vond wat hij zocht. 'Zou die persoon Leonardo Biscas kunnen zijn?'

'Misschien. Ik weet het niet zeker. Wie is hij?'

'Oké, juffrouw Bridget. Daar laat ik het voor nu bij.'

'Als ik me meer herinner, laat ik het u weten, inspecteur.'

'Goed. Nog een laatste ding voordat ik je laat rusten? Herinner je je iemand die Michelangelo Andreotti heet?'

'Nee, het spijt me, ik kan me niet herinneren die naam ooit gehoord te hebben.' Ze heeft geantwoord.

"Het is in orde."

De inspecteur stond op, legde zijn hand op haar schouder en bedankte haar voor het korte interview.

Van waar hij was, kon hij meer van haar borsten zien onder het gedeeltelijk open gewaad.

Hij glimlachte en vertelde haar dat hij snel terug zou zijn.

Maar voordat hij de deur achter haar sloot, vroeg ze hem:

"Kun je me niet wat informatie over mezelf geven? Ik moet weten wie ik ben!"

'Het spijt me, juffrouw Baldwin. De dokter zei dat u beter zou herstellen als u niet al te verbaasd was. Ik wil de zaken niet van streek maken. Tot snel.'

# 8.

Het snelle bezoek van de inspecteur zette Bridget aan het denken.

Er was nog steeds niets waar hij zich aan kon vasthouden om zijn verloren geheugen van de laatste dag terug te krijgen.

En 's nachts, terwijl hij sliep, kon hij alleen maar dromen dat Leonardo steeds weer van hem hield.

De verpleegster liep de kamer binnen en zag haar kreunen en kronkelen in haar slaap, terwijl ze elk moment van de gebeurtenis duidelijk in haar gedachten herbeleefde.

De verpleegster borstelde voorzichtig Bridgets haar zodat ze kon kalmeren.

Zijn tong likte haar lippen alsof hij de lippen van zijn droomminnaar wilde kussen en strelen.

Daarna liep ze nog een keer rustig en fluisterde herhaaldelijk de naam "Leonardo" totdat ze in een rustige slaap viel.

De volgende dag nam Bridget een rustgevend bad met water en zeep terwijl ze zichzelf waste met een badhandschoen.

Plotseling herinnerde hij zich iets alsof het uit het niets was gekomen.

"Leonardo?" fluisterde ze tegen zichzelf.

Andere dingen kwamen snel achter haar terug; Jacky en het huis, de kerker, zijn eigen appartement.

Ze kwam uit het bad en pakte snel de badjas.

"Verpleegster!"

Ze bedekte zichzelf met haar badjas en ging in paniek haar privékamer binnen.

De verpleegster staarde haar aan en pakte voorzichtig haar armen.

'Bridget? Wat is er aan de hand?'

'Ik heb alles onthouden. Ik moet hier nu weg!'

'Je kunt het niet. Je moet nog steeds rusten.'

'Nee! Ik moet nu gaan. Leonardo is in gevaar! Pak mijn kleren!'

'Je agent heeft je nog niet binnengebracht. Pas vanmiddag.'

'Zoek er dan nog een! Ik heb nu kleren nodig!'

De dokter kwam binnen en rende naar Bridget.

Samen hielden hij en de verpleegster haar vast en legden haar op het bed.

'Juffrouw Baldwin, probeer jezelf te kalmeren. Dit is niet goed voor je.'

"Maar ik moet hier weg. Leonardo is in gevaar, hij heeft mijn hulp nodig."

'Nee, op dit moment kan hij er niets aan doen. Hij moet zich ontspannen.'

De dokter gebaarde naar de verpleegster om naar een dienblad bij het bed te kijken.

'Ik ga je iets geven om je te helpen ontspannen.'

'Nee, alsjeblieft, ik moet nu gaan. Alsjeblieft, ik vraag je om me te laten gaan.'

De verpleegster spoelde de injectie door terwijl de dokter Bridget's armen vasthield.

Ze zag de dreigende naald op haar af komen en huilde.

"Nee! Nee, doe me dit alsjeblieft niet aan!"

Toen kreeg ze een scherpe pijn in de bovenarm toen de verpleegster het medicijn toediende.

Binnen enkele seconden was Bridget gekalmeerd.

Haar vermoeide lichaam lag op het bed terwijl de dokter en verpleegster naar haar keken.

* * *

De liftdeuren sloten zich met een bijna zacht gesis.

Inspecteur Bobby was binnen toen de lift omhoog ging, luisterde naar zachte jazzmuziek via de luidsprekers en keek naar de foto's op de drie muren van de lift van de modellen die het bureau waren gepasseerd.

Hij zag er een van Bridget en glimlachte in zichzelf.

Toen ging de bel en gingen de deuren van de receptie open.

Een reis die naar de dertiende verdieping had geleid.

"Hallo, Calvin Creative Art, kan ik je helpen?" vroeg de receptioniste.

Ze zong de woorden bijna alsof het een lied was dat ze had geleerd.

Bobby haalde zijn badge tevoorschijn en keek naar de kleine blondine.

Ze glimlachte naar hem met rode lippen.

'Ik ben hier voor meneer Calvin. Inspecteur Harris, stadspolitie.'

"Dank u, ga zitten, meneer."

Hij knikte beleefd en ging op een van de vele lege stoelen zitten. Hij keek naar de portretten van modellen in verschillende formaten aan de muren en zocht naar iets meer van Bridget.

De receptioniste keek hem verlegen aan en probeerde niet te veel aandacht te trekken, maar Bobby had al gemerkt dat haar dunne, gladde benen onder het bureau verdwenen achter de zoom van een strakke rok.

Hij probeerde haar leeftijd te raden, maar dat was moeilijk omdat de make-up die ze droeg een verkeerde indruk maakte.

Er was een buzz.

'Meneer Calvin zal u nu zien, u kunt binnenkomen.'

Bobby stond op, liep naar de deur en klopte twee keer voordat hij binnenkwam.

De receptioniste keek attent en ze wisselden allebei een glimlach uit.

Burt Calvin zat aan zijn bureau met iemand aan de telefoon.

Het stadsbeeld achter hem door het grote kantoorraam gaf aan hoe groot ze waren.

Calvin gebaarde dat de inspecteur moest gaan zitten en met zijn vinger zwaaien.

"Nee, dat kan ik niet accepteren en je weet waarom."

Calvin sprak arrogant aan de telefoon.

"Ik heb niet de gewoonte om miljoenen dollars in de afvoer te gooien. Los het op!"

Hij hing op en keek naar Bobby, stond toen op en stak zijn hand over het bureau uit.

Calvin was een lange man, minstens een centimeter langer dan Bobby.

"Welkom inspecteur Harris." Bobby schudde zijn hand en voelde zijn sterke greep. 'Wat kan ik voor je doen? Kan ik iets te drinken voor je halen?'

'Nee, ik ben in orde. Ik ben net klaar met lunchen. Dit is een van uw modellen, juffrouw Baldwin.'

'O ja, Bridget. Ik kan niet begrijpen wat daar is gebeurd. De situatie is zo mysterieus, nietwaar?'

"Nogal." antwoordde Bobby. "Je kunt begrijpen waarom de politie onderzoek doet, neem ik aan. Niet elke dag wordt er een beroemd supermodel ontdekt dat in een steegje wordt gedumpt." Calvin bood hem een sigaret aan uit een zilveren doos. "Nee bedankt, ik probeer te stoppen."

"Dus hoe kan ik u helpen?"

'U kent juffrouw Baldwin heel goed, denk ik? Niet alleen als uw agent?'

'Ja. We kennen elkaar al een tijdje. Ik denk veel aan haar. Ik heb altijd zo goed mogelijk voor haar gezorgd.' antwoordde Calvijn.

"Voor een lange tijd?"

'Ja. We ontmoetten elkaar vlak na de dood van zijn vader. Geloof het of niet. Op internet had hij een van de websites die hij bezocht en we werden heel goede vrienden.'

"Dat heb ik al ontdekt. Heb je haar daar ook als model ontdekt?"

'Eigenlijk. Maar dat doet in dit geval niet ter zake. Hoe kan ik u helpen?'

Bobby pakte zijn notitieboekje en bladerde door de pagina's.

"Wanneer was de laatste keer dat je haar zag?" Zijn aantekeningen leken niet in orde toen hij ze doorzocht. 'O ja, het was toch vijf dagen geleden? Ik heb hier een briefje waarop staat dat jullie ruzie hadden.'

'Sorry, ik kan me niet herinneren dat ik ruzie met haar had. Waar precies?'

'In een nachtclub, Los Duendes. Ik heb het vanmorgen bekeken. Zijn jullie nog steeds erg close?'

We zijn vrienden, ja. Dat was geen argument, inspecteur. We waren het alleen niet eens over wat we altijd lijken te doen. Ze volgde mijn advies om een bepaalde persoon niet te kennen niet op. Ik moet ook aandacht besteden aan hun belangen in uw welzijn ".

"Van nature." Bobbie glimlachte. 'Was deze persoon een reclameman uit Italië? Een meneer Leonardo Biscas?'

'Ja. Ik denk niet dat het een goede carrièrestap is. Maar ze is dol op deze man en misschien was er interesse in deze ontmoeting.'

'Heb je Biscas wel eens ontmoet?'

"Soms wel. Sterker nog, een van mijn modellen heeft jaren geleden een ongelukkig ongeluk gehad. Ze stierf. Leonardo Biscas was toen bij haar en was betrokken bij haar dood." Calvin wees naar een portret aan de muur van een donkerharig meisje. Bobby keek op en keek naar de foto. "Ze was een belangrijke aanwinst voor ons. Het was een verdrietig en groot verlies, zoals ik me kan voorstellen dat ze begrijpt."

'Heel goed. Ik bedoel, het meisje was erg mooi. Was zij Jane Carrington?'

'Ja. Herinner je je haar nog?'

"Niet." antwoordde Bobby. "Aan de andere kant zien ze er voor mij allemaal hetzelfde uit. Ik heb de mode-industrie nog nooit gevolgd. Ik pak al die tijdschriften en het lijken net levende etalagepoppen." Bobby kuchte en merkte dat Calvin niet erg onder de indruk was van zijn opmerking.

'Mag ik u iets vragen, inspecteur? Heeft u enig idee hoe u in deze steeg bent gekomen?' vroeg Calvijn, een verandering van onderwerp toestaand.

'Nog niet. Maar dat zal ik uiteindelijk wel doen.'

'Denkt u dat Leonardo Biscas er iets mee te maken had?'

'Interessant dat ik het vermeld. Denk je dat ik het had kunnen hebben?'

'Omdat ik dat zou moeten?'

"Ik dacht dat je misschien een reden had..."

'Nee. Het was maar een gedachtegang.' Calvijn antwoordde snel.

Bobby knikte en glimlachte.

"Je hebt hier een prachtig uitzicht op de bergen. Ik hou van het uitzicht. Heb je deze kantoorruimte met opzet gekozen vanwege het uitzicht?"

'Niet echt. Kan ik je nog ergens mee helpen?'

'Heb je juffrouw Baldwin vanavond in het ziekenhuis opgehaald?'

'Ja. Ze is beter af bij mij en ik heb ervoor gezorgd dat ze in mijn huis rust. De dokter heeft me verteld dat ze haar geheugen terugkrijgt. Helaas is ze op dit moment een beetje gefrustreerd. Verward. Haar fantasie speelt haar ook.' een grap. maar ze verzekerden me dat dit meestal gebeurt wanneer mensen geheugenverlies overwinnen. "

"Natuurlijk. Natriumpentathol heeft dit effect."

"Zo ja".

'Goed. Ik waardeer uw tijd, meneer Calvin.'

Bobby stond op en leunde naar voren om zijn hand weer te schudden.

Calvin bleef zitten en drukte dit keer harder.

"Ik neem snel contact met je op."

"Altijd klaar om enig licht te werpen op deze ongewone situatie."

'Ik hoop het, meneer Calvin. Het is een zeer ongebruikelijke situatie.'

* * *

Bobby keerde terug naar zijn kantoor op het hoofdbureau van de politie.

Een bureau, stoel, twee archiefkasten en een computerterminal waren alles wat hij had in een gedeelde kast.

Hij wilde een sigaret roken, wilde hij terwijl hij naar een pakje op een van de kasten keek, maar een stem zei tegen hem: "Waag het niet!"

Bobby draaide zich om naar zijn partner, een jonge inlichtingenofficier die hem voor zes maanden was toegewezen, met de mogelijkheid om te bewijzen dat hij een onderzoeker was.

'Shit! Het is nu bijna zes uur geleden.' antwoordde Bobby.

'Je vrouw zal me niet bedanken als ik je dit laat doen,' voegde de jonge officier eraan toe. 'Je zegt ook dat het zes uur was. Maar wie weet had je een heel pakje kunnen roken terwijl je weg was.'

'Carl, je moet me leren vertrouwen. Heb je iets gevonden?'

Carl duwde zijn baas zachtjes opzij en pakte het toetsenbord van de computer.

"Je zult er dol op zijn. Ook voor de porno-inhoud, als er niets anders is."

"Je hebt een goede mening over mij denk ik."

'Ja, maar je ziet eruit als een vieze oude man in een politiepak.'

Als reactie zwaaide Bobby zachtjes met het oor van zijn jongere partner.

Toen kwam het scherm tot leven met beelden van Bridget Baldwin.

"Hier heb je het. Deze pagina is oud. Hij is al minstens drie jaar niet bijgewerkt."

De foto's waren van Bridget.

Ze poseert in verschillende naaktshots, bijna pornografisch van aard, en laat duidelijk haar mooie intieme trekken zien.

Bobby zat in een krakende stoel en bladerde door de foto's.

'Deed ze dat voordat ze beroemd werd?'

'Nou, het is helemaal niet erg. Ziet er goed uit.' antwoordde Karel. "Zo gaan de modellen omhoog."

'Ik vraag me af waarom ze ze niet heeft uitgedaan.'

"De website is eigendom van Calvin Arte Creativo. Het is een dode website als het om nieuws gaat, maar het adres is nog steeds in de lucht zoals je kunt zien."

"En ook een gratis toegangspagina?" vroeg Bobby

"Ja. Het is gekoppeld aan een chatsite die nu met pensioen gaat."

'Interessant! Carl, neem de rest van de dag vrij.'

'Waarom kan ik niet toekijken hoe je een sigaret uittrekt, bedoel je?'

# 9.

Bridget beet in een stuk brood en keek naar de anderen aan tafel.

Calvin zat aan het hoofd van de tafel en speelde zijn rol als patriarch van het gezin met zijn vrouw Gaby aan zijn zijde.

Het slaan van het staal tegen het porselein van de borden was het enige geluid dat te horen was als de familie in absolute stilte at.

Calvins twee tienerdochters keken elkaar aan en daarna Bridget alsof ze een geheim voor elkaar verborgen hielden.

Ze voelde zich niet op haar plaats, uitgenodigd om tegen haar wil in te gaan en zichzelf daartoe te dwingen.

Omdat hij in zijn hoofd wist dat er een andere plaats was waar hij moest zijn.

'Gaat het, Bridget?' vroeg Calvin, een slok wijn nemend.

'Ja, bedankt. Ik heb niet zo'n honger.' Hij antwoordde met een glimlach.

De twee meisjes lachten en zwegen toen Calvin hen streng aankeek.

'Ik denk dat ik moet gaan liggen.'

"Moe?" Ik vraag.

"Je hebt veel meegemaakt." merkte Gaby op. 'Je moet wel uitgeput zijn. Maar je kunt uitrusten als je hier een paar dagen bent. Het is erg stil.'

"Vergeef me." Bridget stond op van tafel en ging weg.

Calvin ving de geur van haar geur op toen ze hem passeerde, genietend van zijn zoetheid en zijn zintuigen verwennend.

Hij genoot van de wetenschap dat ze dicht bij hem was, nu onder zijn dak en in zijn huis.

Iets wat hij altijd al had gewild, want ze was niet alleen een vriendin, maar ook iemand die hij had bewonderd en liefhad sinds ze elkaar ontmoetten.

Ze was ook iemand van wie hij droomde en met wie hij de liefde bedreef, maar hij kon nooit de moed hebben om het haar te vragen.

Na het eten verontschuldigde Calvin zich bij zijn familie voor het verlaten van de tafel.

Hij beklom de oude gelakte eiken trap, ging naar de logeerkamer en klopte zachtjes op de deur.

"Vooraf."

Het antwoord dat ik wilde was als een uitnodiging naar de hemel.

Hij liep de kamer in en trof Bridget aan, liggend op het bed, starend naar het plafond in het zachte licht van de bedlamp.

Het rustgevende geluid van een klassieke opera speelde op de achtergrond.

Hij sloot zachtjes de deur en ging toen naast haar zitten.

"Hoe voel je je?" Ik vraag.

"Ik voel mij goed." Bridget antwoordde zonder haar blik te veranderen.

'Ik hoop dat je het niet erg vindt dat ik je hier heb uitgenodigd? Ik dacht dat het het beste was. Ik kan haar voor je laten zorgen en je beschermen.' Zijn hand raakte haar schouder aan en liep langs de lijn van haar jurk naar haar borst. 'Weet je wat ik voor je voel?'

"Ja." Ze trok zijn hand weg en draaide zich op haar zij van hem af. Hij voelde zich afgewezen. 'Ik waardeer je vriendelijkheid, maar je hebt andere redenen.'

Hij stond op, liep naar de deur en bleef toen staan.

"Je weet wat ik voor je voel. Ik kan niet stoppen met van je te houden. Je voelde je ooit ook zo, maar je bent van gedachten veranderd om een voor mij onbekende reden. Ik wou dat ik wist wat die reden is."

'Je maakt me bang', antwoordde ze.

'Maar waarom? Ik heb je er niet eens toe gedwongen. Ik heb je nooit pijn gedaan of ik heb je nooit willen kwetsen.'

'Je bent zo bezitterig. Ik mag hem niet. Dat heb ik nooit gedaan.'

'Je betekent veel voor me. Ik zou alles voor je doen. Alles.'

'Laat me dan Leonardo zoeken.'

'Wil je naar Italië? Omdat hij er nu is.'

'Ik geloof in niemand van jullie. Ik weet dat hij hier nog is, in dit huis. Misschien in gevaar.'

'Je kunt het aan de politie vragen. Ik weet zeker dat ze het huis hebben doorzocht.' Hij keerde terug naar haar zijde. 'Geloof het. Ik heb het zelf gecontroleerd. Hij is vanmorgen naar Rome gevlogen. Hoe kan ik je dat laten geloven?'

'Dat kun je niet, niemand kan dat. Ik weet alleen wat ik weet.'

'Je bent nog aan het bijkomen van wat er is gebeurd. De man heeft je verlaten, hij heeft je laten sterven in een steegje voor wat we weten. Wat er is gebeurd, is dat je er niet aan kunt wennen.'

Bridget draaide zich naar hem om.

Tranen stroomden over haar wangen en haarlokken kleefden aan haar wangen, die Calvin voorzichtig had proberen weg te vegen, maar dat niet durfde vanwege haar mogelijke weigering.

'Schat, ik stuur morgenochtend twee van mijn mannen om het huis te controleren. Dat beloof ik.'

'Tegen die tijd is het misschien te laat. Het kan zelfs nu al te laat zijn.'

"Schat, ik kan alleen doen wat ik kan onder deze omstandigheden. De dokter zei dat je deze flashbacks zou hebben en dat sommige niet eens echt waren. Ik heb de situatie in Biscas gecontroleerd en dat is alles wat we weten."

'Het was echt voor mij. Ik weet dat het echt was.'

"Kan zijn." Calvin glimlachte en stak zijn hand op om haar gezicht aan te raken. Bridget keek naar hem en voelde zijn vingers zachtjes over haar vochtige huid bewegen. 'Ik hou van je Bridget,' fluisterde hij.

Ze voelde zich tot hem aangetrokken.

Van binnen hield ze ook van hem, maar niet fysiek.

Haar liefde voor hem werd geboren toen hij hun zielen elkaar via internet liet aanraken via de terminals van hun computers die honderden kilometers van elkaar verwijderd waren.

Ze hielden honderd keer zo teder en romantisch van elkaar.

Maar nadat ze elkaar fysiek hadden ontmoet, kon ze niet zo intiem zijn.

Calvijn was hierdoor gefrustreerd omdat hij zijn wanhopige verlangens echt wilde inwilligen.

Het enige wat hij wilde was echt van haar houden, haar aanraken en proeven zoals hij zich in het verleden had voorgesteld, en vooral haar om zich heen voelen.

Hun lippen raakten elkaar als voorheen.

De kus werd hartstochtelijk, maar toen trok Bridget zich terug.

"Niet!" Ze trok zich terug en vertraagde hem.

"Wat gebeurt er?" Ik vraag. "Waarom doe je me dit steeds aan?"

Ze hief haar hand op en legde die aan haar lippen.

"Ik kan niet". fluisterde ze, terwijl de passie nog steeds door haar heen liep, maar niet in staat was het antwoord te geven dat ze wilde en hij zo graag wilde. "Ik ik..."

'Wat? Is het omdat je in mijn huis bent?'

'Nee. Ik heb je teleurgesteld. Ik heb mijn belofte gebroken,' antwoordde ze.

'Beloofd? Welke belofte?'

Ze keek hem aan en zoals altijd begon hij te verdrinken in haar verbazingwekkende blauwe ogen.

'Ik heb Leonardo mijn maagdelijkheid laten afnemen,' zei ze tegen hem.

Hij was verrast.

Maar die belofte was geen belofte waarvan hij dacht dat die echt was.

Vanaf het begin twijfelde hij aan haar bekentenis dat ze niet was aangeraakt.

"Dat is niet belangrijk. Het belangrijkste is dat we nu samen zijn."

Bridget leunde achterover, pakte zijn hand en legde die op haar borst.

Hij voelde de hardheid van haar tepel onder de jurk en zijn hart begon te bonzen toen ze naar hem keek.

Zonder aarzelen klom hij bovenop haar en zette de hartstochtelijke kus voort die ze eerder waren begonnen.

Bridget reageerde door haar armen om hem heen te slaan en hem dichter naar zich toe te trekken.

Zijn hand gleed over de vorm van haar taille en heupen tot hij de zoom van haar jurk en het warme vlees van haar dijbeen vond.

Zijn vingers voelden zachtjes deze warmte en zachtheid terwijl ze over haar huid bewogen.

Ze voelde de diepe passie in zijn kus en plotseling stak ze de barrière van onzekerheid over, nu wilde ze dat hij het voelde, tevreden met haar.

De kus eindigde en ze keek naar hem op, terwijl ze met beide handen haar vingers door haar haar haalde.

Ze wilde hem verslinden en verslinden.

De aanraking van zijn vingers op haar kruis deed haar rug tintelen, wat haar vertelde dat alles in orde was en dat er geen einde kwam aan wat er kon gebeuren.

Calvin trok met beide handen haar slipje aan, trok het over haar zachte benen en legde het opzij.

De zoete geur van hun seks bereikte zijn neus toen hij opkeek naar haar zorgvuldig getrimde heuvel.

Ze keek toe en wachtte tot hij zijn benen verder spreidde en langzaam zijn hoofd ertussen liet zakken.

Het gevoel van zijn adem tegen haar deed haar dieper en dieper wegzinken in zijn hartstochtelijke verlangens.

Dat moment was zeker aangebroken, waarvan hij zo vaak had gedroomd.

Haar schaamlippen gingen uiteen, voorzichtig geopend door de hitte en toch de koude nattigheid van haar tong.

Zijn gevoelens namen toe.

Hij likte haar en kneep haar met zachte kracht, proefde en streelde haar clit met zijn tong en trok haar dichter naar zich toe terwijl hij om meer schreeuwde.

De clitoris was een van de meest gevoelige delen van haar lichaam.

Binnen een paar minuten merkte ze dat haar orgasme kwam zonder een mogelijke rem.

Calvin kon zijn kreten van extase niet stoppen toen hij met zijn vingers in de dekens kneep.

Het gevaar bestond dat haar familie haar kon horen schreeuwen en haar kon waarschuwen.

"Schatje ... stop ... stop ... "

Hij pakte haar op, omhelsde haar en hield haar stevig vast.

"Shhhhhh... alsjeblieft"

Ze begon te kalmeren, normaliseerde weer en hoorde zijn fluisterende stem.

'Burt... luister naar me,' hijgde haar stem in zijn oor. "Hier heb ik zo lang op gewacht..."

'Ik weet het. Ik beloof dat ik later terug zal komen. Het is nu te riskant. Ik moet gaan; Gaby en de meisjes zullen zich afvragen waar ik ben. We werden allebei meegesleept.'

Bridget leunde achterover en keek hem aan.

Toen zijn vinger over haar lippen gleed, beet ze erin en zoog speels.

'Ik wacht wel,' fluisterde ze.

Zijn lichaam tintelde, elke zenuw werd overgevoelig voor zijn aanraking, voor zijn aanwezigheid.

Later kon hij niet vroeg genoeg komen omdat ze niet alleen in huis waren en zijn familie zijn privacy bedreigde en hoewel hij hem daar wilde hebben, had hij iets belangrijkers in gedachten.

* * *

Bobby leunde achterover in zijn stoel en keek naar het pakje sigaretten op zijn bureau.

De verleiding was groot, maar zijn wilskracht was sterker.

Ze keek er niet meer naar, opende het dossier en haalde de fax tevoorschijn die iemand haar die middag had gegeven.

Hij las het voor de zoveelste keer en probeerde te begrijpen wat hij zei.

"Harris, Biscas en Andreotti zijn veilig en wel, maar niet voor altijd. De actie is nog niet voorbij en ze is van plan ermee door te gaan. Ik wou dat ik haar nooit had gezien."

De fax werd anoniem verzonden via een openbaar communicatiebureau in de stad.

Het enige dat de afzender identificeerde was de handtekening "Mighty", maar dat betekende niets voor Bobby.

Hij keek op zijn horloge en besloot dat het tijd was om ermee op te houden.

Hij deed de lamp in de hoek van zijn bureau uit en wierp nog een laatste blik op het verleidelijke pakje sigaretten.

* * *

Op de parkeerplaats met meerdere verdiepingen wilde Bobby net zijn autodeur openen toen er een zwarte limousine naast hem stopte.

Het raam ging open.

"Inspecteur?"

Bobby wierp een blik op de limousine en richtte zijn blik op de chauffeur.

"Heb je vijf minuten?"

'Ik was op weg naar huis. Maar ik kan natuurlijk nog vijf minuten nodig hebben.'

"Kom dan binnen."

Bobby liep langzaam om de limousine heen naar de passagiersstoel en stapte in.

De chauffeur beet op zijn tanden en gaf Bobby een kleine witte envelop.

'Dit is voor jou. En ik moet je nog één ding vertellen.'

"Ik heb geschoten."

'Biscas leeft nog en is in orde, maar hij is niet in Florence of Rome. Dat is alles wat ik hem kan vertellen.'

'En wie ben jij, mag ik vragen?' vroeg Bobby

'Het maakt niet uit. Ik ben maar een weldoener.'

De chauffeur stak twee sigaretten op en overhandigde er een aan de inspecteur.

'Kom op, neem het. Je ziet eruit alsof je het nodig hebt. Ik kan die drang in je voelen.'

Bobby nam het aan terwijl de chauffeur lachte.

"Ik heb het een keer als een gek geprobeerd, maar ik had nooit de wilskracht om te stoppen."

Bobby zoog erop en genoot van de smaak van rook.

'Zie je, dat voelt goed, nietwaar?'

'Natuurlijk. Maar ik moet nog steeds weten wie de weldoener is.'

'Zoals ik al zei, het is niet belangrijk. En nog één ding...'

"Ga door, verras me nog eens, wat nog meer?"

"Controleer de registratie van dit voertuig niet, want die heeft u niet." De chauffeur lachte. 'Laten we zeggen dat wat er in die envelop zit, alles is wat u nodig hebt om verder te gaan. Een goede middag, inspecteur.'

Zodra Bobby uit de limousine stapte, reed ze met gierende banden over de betonnen vloer weg, totdat ze uit het zicht op het benedendek van de parkeerplaats verdwenen.

Bobby keek naar de envelop en maakte hem open.

Een hanger met een gouden hart en een ketting viel in zijn hand.

Het was gegraveerd met de woorden: "To Jane, with love, Leonardo."

Bobby pakte het op en glimlachte toen in zichzelf terwijl hij de laatste nicotine van zijn sigaret nipte.

# 10.

Calvijn naderde zijn vrouw van achteren en hield haar vast terwijl hij de afwas deed. Hij gaf haar een zachte kus op de wang.

"Gaat het schat?"

Ze draaide zich om en nestelde zich in zijn gezicht en beantwoordde het liefdevolle gebaar.

"Wat is dit?" Zij vroeg.

"Dat wat?"

Ze ontdekte iets bekends, een geur die haar ergens aan herinnerde.

De geur van seks moest onmogelijk zijn en ze verwierp de gedachte snel.

Calvijn zag wat hem was opgevallen en trok zich voorzichtig terug.

'Het moet de room van de kreeftenbisque zijn. Het was heerlijk, schat.'

'Kun je me dan helpen deze borden op te ruimen of iets doen om de vaatwasser zo snel mogelijk te repareren.'

'Ah! En waar zijn de meisjes als je ze nodig hebt?' vroeg hij gekscherend. "Ze lijken altijd weg te gaan als er werk aan de winkel is."

'Trouwens, hoe gaat het met onze gast?' vroeg Gaby.

"Slaap. De beste manier om te ontspannen."

'Je vindt het erg leuk, hè?'

"Ik denk aan zijn welzijn, ja. Hij is een van mijn grootste troeven, vergeet dat niet."

"En heel mooi." Gaby ging naar hem toe en sloeg haar armen om zijn middel.

Calvijn lachte.

'Dat heb ik gemerkt. Maar jij bent de enige voor mij. Kun je me geloven?'

* * *

Bridget deed haar slaapkamerdeur een klein stukje open om de bedrijvigheid in de rest van het huis te horen.

Alles leek rustig te zijn.

Hij stapte op de overloop en ging naar de badkamer.

"Hallo, alles goed met je?" zei een stem achter haar.

Hij had niet gemerkt dat Susan, een van Calvins dochters, op de overloop stond.

'Het gaat wel. Ik ga even douchen.' antwoordde Bridget.

"Mag ik je iets vragen?"

"Van nature."

"Hoe is het om een supermodel te zijn?" Bridget keek naar Susan en glimlachte. Haar warrige gouden haar viel over haar schouders en omlijst haar engelachtige blik. Ze leek veel op Burt, vond Bridget. "Het is hard werken. Het is niet altijd zo glamoureus als sommige mensen denken."

'Ik hoop dat je begrijpt dat ik geen model wil zijn. Ik vind het vernederend.'

"Nou ja en nee. Ik begrijp je punt, maar het is heel belangrijk dat de mode-industrie zowel mannelijke als vrouwelijke modellen heeft om kleding en make-up te laten zien ..."

"Ja, maar om je alles naakt te laten zien. Je tieten en kutje zijn te zien."

"Niet echt."

"Maar je hebt het gehaald".

Bridget dacht na. "Hoe weet je dat?"

'Papa heeft veel naaktfoto's van jou. Hij verbergt ze voor mama. Ik heb ze in zijn geheime kast gezien.'

"Je hebt voor elkaar gekregen te?"

'Ja. Ik weet hoe ik in zijn bureau moet komen, in zijn geheime kast.'

"Hij weet?"

'Wil je hem vertellen dat ik het je heb verteld?' Susan grijnsde. 'Je zou me toch niet lastig vallen, hè? Want als je dat deed, zou ik mama alles over jou en papa moeten vertellen.'

'Vertel haar wat, Susan?' Bridget sloeg haar armen over elkaar en werd boos, maar probeerde het te verbergen. Er was geen twijfel dat Susan deze kleine ontmoeting met kwade bedoelingen had gepland. "Wat weet je precies?"

'Ik weet dat hij van je houdt.'

Bridget lachte.

'Susan, het is geen geheim. Je vader kent veel vrouwen van wie hij zegt te houden.'

'Het doet niet alsof. Hij houdt echt van je. Ik heb zijn dagboek gelezen. Hij schreef dat als hij kon, hij mama zou verlaten en je zou vragen zijn vrouw te worden.'

Bridget wachtte weer om na te denken.

Het was zo verontrustend om je voor te stellen dat Burt deze informatie ooit beschikbaar zou stellen aan zijn eigen kinderen, zodat ze het zo gemakkelijk konden oppikken.

Ze glimlachte als antwoord.

'Hou je van hem, Bridget?'

'Dat is niet in uw belang.' Bridget draaide zich om en liep de badkamer in.

'Maar mama zou het erg vinden als ze erachter kwam.'

'Vertel het hem dan niet.'

Ze deed de badkamerdeur achter zich dicht en wachtte een tijdje tot Susan de overloop op en neer liep.

Toen tilde ze haar jurk op om de kleine mobiele telefoon uit de discrete schuilplaats in haar slipje te halen.

Ze toetste een nummer in en wachtte tot hij zou opnemen.

Onbeantwoord.

De telefoon waarmee u contact probeerde te maken, was offline.

"Weer een hel!"

Hij probeerde een ander nummer.

Deze keer antwoordden ze.

"Hallo? Jacky?"

'Nee. Wie is het?' De stem antwoordde.

'Thomas? Ben jij het?'

'Natuurlijk ben ik dat. Miss Bridget, waarom belt u mij?'

'Moet ik weten wat er aan de hand is? Is Leonardo er nog?'

'Wie is Leonardo? Wil je juffrouw Jacky spreken?'

'Thomas, luister naar me. Ik weet wat er is gebeurd, ik ben niet dom. Dus probeer alsjeblieft niet te begrijpen dat ik een of andere idioot ben. Is Leonardo in orde?'

"Juffrouw, ik begrijp het niet. Wie is Leonardo? Ik weet niet over wie hij het heeft en juffrouw Jacky heeft het momenteel erg druk."

Bridget hield de telefoon met beide handen op armlengte, kreunde en bracht hem toen terug naar haar oor.

'Oké, speel dat stomme spelletje als het moet, maar ik ga even rusten, dat zweer ik.'

Hij trok de stekker uit het stopcontact, gromde weer en sloeg gefrustreerd tegen de muur.

Er werd geklopt op de deur.

"Gaat het, juffrouw?" De stem vroeg een van de bewakers.

"Ja, ik ga douchen."

'Ik dacht dat ik stemmen hoorde.'

"Ik heb gezongen."

'Als hij vrij is, moeten we praten.'

'Ja, dat zullen we doen. Ik denk dat je iets moet weten.'

* * *

De chauffeur keerde terug naar het huis en ging door de voordeuren naar binnen.

Een van de lijfwachten stond te wachten.

De chauffeur keek hem aan.

"Waar kijk je naar?" vroeg hij en ging toen met zijn handen in zijn zakken naar de woonkamer.

De lijfwacht glimlachte alleen maar en keek hem na.

"Kom binnen, Andy." Zei Jacky. 'Ik hoop dat je mijn bericht hebt gestuurd.'

Ze droeg een strakke rode leren rok en een bijpassend hemdje, haar haar in een lange paardenstaart die over haar rug viel.

Hij liep over de tegelvloer naar zijn trouwe conducteur en reikte hem een glas rode wijn aan.

'Ja, ik heb hem de boodschap gegeven.'

Andy pakte het glas en keek haar aan.

Ze had hem die avond een bijzonder cadeau beloofd en hij wist aan de manier waarop ze zich had gekleed dat de belofte in de lucht hing.

Hij had nooit de kans gehad om alleen te zijn met zijn baas.

Ze keek hem aan en schonk hem een verleidelijke glimlach.

'Goede jongen. Ik denk dat het tijd is om te spelen.'

Andy nipte van de wijn terwijl haar vingers langzaam zijn broek openden.

'Je wilt spelen, nietwaar Andy? Het is je beloning, je bonus voor een goede baan.'

"Van nature." Hij glimlachte en zette het glas naast hem op tafel en Jacky stak haar hand in zijn open opening en voelde zijn pik een beetje hard. 'Kunnen we uw slaapkamer hiervoor niet gebruiken, juffrouw?'

"Omdat je verlegen bent?" Thomas stond bij de deur en keek toe. 'Maak je je nerveus Andy?'

"Ja, dat zou je kunnen zeggen."

'Mmmm... je lijkt te genieten van mijn zachte aanraking. Vind je het zo leuk, Andy? Ik wed dat Thomas ook opgewonden raakt.'

Hij keek naar zijn bediende.

Thomas bleef roerloos en uitdrukkingsloos.

Jacky nam Andy bij de hand en leidde hem naar de bank.

Ze ging rechtop zitten en trok hem naar haar middel, glimlachend naar hem terwijl ze zijn riem losmaakte en langzaam zijn broek liet zakken.

"Ben je hier klaar voor?" Zij vroeg.

Daarna trok ze langzaam zijn boxershort uit en liet zijn mannelijkheid los.

Het wees hard en kloppend naar haar gezicht.

'Ik hoop dat je me geeft wat ik nodig heb.'

Ze streelde hem, streek met haar vingers over hem en trok de voorhuid terug om zijn smakelijke hoofd te onthullen.

Daarna stopte ze het in haar mond, proefde het sensueel met haar tong en likte het zachtjes onder zijn gezwollen eikel.

Andy zuchtte dankbaar toen de actie hem nog meer opwarmde.

Ze trok het dieper en dieper in haar mond totdat het bijna volledig was verzwolgen, terwijl ze zijn scrotum vasthield en erin kneep alsof ze zijn testikels schoonmaakte voor elke druppel sperma die ze kon verzamelen.

Zijn zuchten veranderden in herhaald gekreun dat in overeenstemming leek te zijn met zijn acties.

Stap langzaam op en af.

Andy stak zijn hand uit en hield haar schouders vast terwijl hij zijn heupen bewoog. Zijn stoot paste perfect bij haar ritme totdat ze vrijuit schreeuwde en zijn lading in haar mond liet stromen.

Jacky slikte elke druppel door terwijl zijn hete sperma haar gretige keel overstroomde.

Ze likte het schoon en glimlachte.

"Dank u, juffrouw, het was erg goed."

'Rust nu maar wat uit. Ik heb je vanmorgen nodig voor nog een heel belangrijke klus.'

Andy trok zijn broek op en deed hem recht om de kamer te verlaten.

Hij passeerde Thomas bij de deur en vroeg het hem.

'Vind je het leuk om ons te zien?' Thomas glimlachte en wendde zich toen tot Jacky.

'Juffrouw. U hebt eerder gebeld.'

"O ja?" Jacky veegde langzaam zijn gezicht af met een zacht servet. 'Aan wie moet ik het wel of niet vragen?'

'Van juffrouw Bridget. Hij vroeg naar meneer Leonardo. Toen heb ik hem verteld wat hij zei dat ik hem moest vertellen.'

'Dat is goed. En had ze iets te zeggen?'

'Ja. Dat ze zou herstellen.'

Jacky glimlachte, stond op uit de stoel en strekte haar rok.

'Nou, ik vraag me af wat hij van plan is.'

Ze liep langzaam naar de deur, haar paardenstaart zwaaide heen en weer over haar rug.

"Volg mij, Thomas, ik heb je hulp nodig in de kerker en ik heb een aangename verrassing voor je."

Thomas glimlachte en volgde haar. Zijn ogen waren op haar heupen gericht, die zwaaiden terwijl ze liepen.

* * *

Bridgets ogen waren gesloten.

Het zachte Stravinsky vioolconcert dat ze hoorde, ontspande haar terwijl ze naakt maar bedekt in bed lag.

Het was laat en het beloofde bezoek van Calvijn leek nooit te gebeuren totdat het zachte geklop op de deur haar wakker maakte.

Calvin kwam zwijgend binnen en ze kon hem zien in het schemerige lamplicht.

Hij zat naast je.

"Slaap je?"

'Bijna. Ik dacht dat je het vergeten was.'

'Ik moest wachten tot Gaby diep in slaap was.' Hij streek met zijn vingers over haar gezicht. 'Je weet niet hoe ik me nu voel. Ik hou zoveel van je.'

"Je beeft."

"Ja, met enthousiasme. Het is mijn grootste droom die uitkomt."

Bridget pakte haar pols en ging rechtop zitten.

De deken die haar bedekte gleed weg en onthulde haar stevige borsten, die er in het lamplicht veel perfecter uitzagen.

'Dus wat was er zo dringend? Zei je dat je moest praten?'

'Ik hoopte dat je naar ons toe zou komen zodat ik Gaby gerust kan stellen.'

"Verzeker hem wat?"

'Dat we gewoon vrienden waren. Ze hoeft niet te denken dat jij en ik...'

"Stop!" Bridget trok haar hand terug. 'Zou je haar met opzet leugens vertellen terwijl ik hier ben?'

"Ja, waarom niet?"

Bridget haatte het om een leugenaar te zijn, en vooral, haatte het nog meer als iemand haar in haar bedrieglijke valstrikken trok.

Calvin probeerde haar weer te omhelzen, maar ze kromp ineen en hield de dekens weer dicht tegen zich aan.

"Schat, wat is het probleem?" Ik vraag.

"Het is fout. Alles voelt niet goed."

"Wat bedoelt u?"

'Voor...' Bridget legde het gesprek uit dat ze eerder met Susan had gehad. 'Wist je dat ze in je bureau kon inbreken?' Calvin stond op en leunde peinzend tegen de muur. "Nou, wist je dat?"

"Weer een hel!" fluisterde hij hardop boos. "Nee, dat wist ik niet".

'Dus je dacht dat het allemaal geheim was? Nou, denk nog eens goed na, Burt.'

"Het spijt me, Bridget. Ik ben helemaal dom en dom. Ik heb nooit gemerkt dat Susan in mijn bureau heeft ingebroken. Maar nu ze het vermoedt, weet ik wat ze zal doen om ons huwelijk te redden."

"Je moet, moet je?"

'Ja. Maar het is niet vanwege jou en mij of wat ik voor je voel. Het is iets dat al jaren aan de gang is. Het spijt me.'

Calvin opende de deur om te gaan.

"Wacht!" Ze vroeg hem. 'Ik moet je iets vragen.' Calvin zweeg even en draaide zich toen om om de deur zachtjes te sluiten. 'Ik heb wat antwoorden nodig en ik weet dat je ze hebt.'

"Wat er ook is."

'Heb je er iets mee te maken gehad? Met Jacky?'

'Als ik je vertel wat ik weet, moet je me tegenhouden. Begrijp je dat?'

"Ja, je hebt mijn woord."

Calvin ging op het bed zitten en zei: 'Ik wist dat jij en Leonardo een afspraakje hadden. Toen kreeg ik een telefoontje van Jacky. Ze vertelde me wie ze was en dat jullie allebei met haar hadden gesproken en dat ze plannen had gemaakt. En ik haatte Leonardo omdat hij wist hoe je voor hem voelt. Ik heb altijd geweten dat je hem wilde ontmoeten. Ik heb altijd geweten dat hij je op een dag zou komen beroven.

"En Jacky?"

"Ze vroeg me om af te spreken zodat we konden praten. Dat deden we en ik dacht dat het hele plan dat jullie hadden gek was. Ze vertelde me alles. Ik kon niet geloven dat haar plan de moord op Andreotti en Leonardo zou accepteren. Ik dacht dat je ze allebei bewonderde. Toen probeerde ik je tegen te houden, niet alleen omdat ik jaloers was, maar ook omdat ik wist dat Jacky je gebruikte. Dat is alles wat ik weet. Het volgende wat ik weet is dat je flauwviel in dit steegje ."

'Je wist ook van Jane, nietwaar?'

'Ja, dat was jaren geleden voordat ze stierf.' antwoordde Calvijn.

"Vertel me erover"

'Wat wil je precies weten, Bridget?'

'Hoe was het met Jane? Ik bedoel, wat was ze eigenlijk van plan?'

'Je bedoelt zijn gewoonten en deze relatie met Leonardo?' Bridget knikte om verder te gaan. "Jane was een van mijn eerste rolmodellen.

Net als jij bewonderde ik haar heel erg en opnieuw, net als jij, was Leonardo daar. Hij overwon haar, maar op een bepaalde manier was ik blij dat hij dat deed. Hij had deze vreemde gewoontes ervan. was een gegeven toen ze me vroeg om een website voor haar te ontwerpen. Ik was verrast door wat ze deed. Ik had nooit gedacht dat iemand zo mooi als zij geïnteresseerd kon zijn in zoiets als dit."

'En Leonardo?'

"In die tijd bouwde hij zijn bedrijf op. Ik hielp hem met wat contacten en zo hebben hij en Jane elkaar leren kennen. Haar achtergrond fascineerde hem en hoe ze tot de dingen kwam die ze deed. Leonardo was nieuwsgierig en hongerig om erachter te komen. Ik' Ik heb me vaak afgevraagd of hij betrokken was bij extreme seks en het bleek hem te zijn."

"Wat is er gebeurd?"

"Ik hielp hen een film te maken, organiseerde de fotosessies. Toen gebeurde het ongeluk en zijn ouders vroegen me de website te verwijderen en de verspreiding van de video stop te zetten. Toen kwam ik erachter dat Leonardo betrokken was en was bij zijn dood, kort daarna vrijgesproken Maar toen kwam ik erachter dat Jane's zus ook was geïnterviewd. Het bleek dat ze Leonardo doodsbedreigingen stuurde."

'Heb je daar niet aan gedacht toen ze contact met je opnam?'

'Natuurlijk deed ik dat. Dus ik dacht dat het allemaal gek was. Maar wacht, Bridget, je was bij haar in dit plan. Ik was verrast te bedenken dat je zoiets kon doen. Ik wilde je beschermen.'

# 11.

De kerker was koud en stil, en Leonardo voelde zijn vuisten bij elke beweging in zijn polsen drukken.

Hij kon niet praten en het enige geluid dat hij kon maken was een gedempte kreun in het strakke rubberen masker dat zijn hele hoofd bedekte, zijn mond gesloten.

Hij was koud en naakt en moest worden gegrepen door de polsen van de kettingen die hem dagenlang in deze positie hielden.

Hij verloor de tijd uit het oog en de slaap kwam alleen in korte dutjes tot hem, waarbij een van de lijfwachten hem van tijd tot tijd vergezelde om gevoed te worden, de slang schoon te maken en zijn blaas in een emmer te laten lopen als de bewaker dat toestond. .

Jacky ging de kerker in, gevolgd door Thomas.

Leonardo zag hoe ze hem naderde.

Hij kreunde onbegrijpelijke woorden terwijl ze voor hem stond en haar nagels over de huid van zijn borst streek.

'En hoe gaat het vandaag met mijn gast? Ik hoop dat het goed met me gaat,' vroeg ze. Leonardo trok aan zijn vuisten, maar het deed pijn. Hij had al schaafwonden die pijn deden en bloedden aan zijn polsen. "Ben je klaar om met me te spelen?" Ze begon het opnieuw te proberen door zijn slappe pik aan te raken. "Oh Leonardo, ik weet dat je het beter kunt. Kijk naar hem, hij is zo zielig." Zijn ogen staarden haar aan door de spleten in het masker en ze glimlachte terug en likte toen sensueel over haar lippen. Hij begon harder te kreunen van frustratie en ze lachte hem uit. 'Ik zal je even laten kijken, Leonardo. Het kan je in een speelse bui brengen.'

Ze ging naar de koude operatietafel en trok langzaam haar rok uit.

Thomas staarde haar aan.

'Weet je wat ik je ga laten doen, Thomas?'

"Geen dame."

'Je zult het leuk vinden wat ik je laat doen, Thomas.'

Haar rok viel op de grond en ze trok hem van haar voeten.

Ze droeg een strakke zwarte string die haar kruis stevig omhelsde.

"We kunnen onze gasten laten zien hoeveel we allebei graag spelen."

Hij ging op de tafel zitten, tilde zijn benen op en steunde zijn enkels stevig op de stijgbeugels op zijn rug.

"Thomas, je weet nu wat je te doen staat. Dus doen!"

Thomas deed zijn jas uit en rolde zijn mouwen op.

Toen liet hij Jacky's string zakken, trok hem van haar kruis en onthulde haar geslacht.

Leonardo was onaangedaan toen Thomas tegen de tafel leunde en met zijn tong over haar open geslachtsdelen ging en haar dijen spreidde.

Ze kon zijn tong voelen proeven, de hete sappen in zijn mond drinken en op haar gevoelige clit zuigen.

"Ooooh ja! Thomas, je doet het heel goed, hmm... stop alsjeblieft niet."

En Thomas wilde niet stoppen.

Hij liet haar zachtjes in orgastische extase achter terwijl hij zich vastklampte aan de rand van de tafel en haar kruis dichter naar hem toe drukte toen haar orgasme zijn hoogtepunt naderde.

Ze smeekte hem niet te stoppen totdat ze eindelijk kwam en schreeuwde van plezier.

* * *

Bridget pakte snel haar koffer in terwijl Calvin naar haar keek.

'Waar denk je dat je op dit moment naartoe gaat?' Ik vraag.

Hij legde zijn handen zachtjes op haar blote middel en ze viel stil en voelde zijn handen haar strelen.

'Bridget, ik kan je nog steeds tegen dit alles beschermen. Geloof me.'

"Hoe? Je zei het zelf, ik ben net zo gek als Jacky." Ze draaide zich naar hem om en keek hem in de ogen. 'Ik weet niet eens waarom ik eraan toe ben gekomen. Ik was stom.'

'Het gebeurt. Ik begrijp waarom je Andreotti dood wilde hebben. Het was wraak.'

'Precies. Ik ben net zo gek als Jacky.'

"Nee je bent niet." Hij reikte naar haar toe en hield zachtjes haar armen vast. 'Ze is gek en heel gevaarlijk. Je lijdt nog steeds voor wat ik vermoed voor je vader en het verdriet kan je de controle doen verliezen. Bridget, luister alsjeblieft naar me, ik kan je helpen.'

Ze voelde zich tot hem aangetrokken.

Zijn lippen kwamen dichter bij de hare totdat ze kusten en hartstochtelijk werden, totdat ze in zijn armen werd weggedragen.

Het voelde zo goed en terwijl hij daar was, was ze veilig.

Ze wilde hem zo graag, maar toen was er die woede in haar hoofd die haar vertelde dat het verkeerd was om daar te zijn en te voelen wat ze voelde.

Ze stopte met hem te kussen en trok zich terug.

'Nee, stop daarmee, Burt. Ik kan me er niet zoveel mee bemoeien als ik wil. Ik moet gaan.'

'Nee, niet doen! Luister naar me!'

'Bert, ik moet gaan.'

"Ik zal je niet laten gaan!" Hij rolde haar op het bed en drukte haar tegen zijn lichaam. Ze gaf zichzelf aan hem, haar gevoelens konden zijn kracht niet weerstaan. 'Niets anders is belangrijk voor mij, Bridget. Ik hou van je!'

Ze leunde achterover en voelde hoe hij haar dijen spreidde.

Haar geest was opgewonden, denkend aan de chaos die ze had veroorzaakt, verward met allerlei gedachten en nu met haar verwarde gevoelens.

Toen duwde hij haar naar zich toe, spreidde haar seks en vulde haar met de hardheid van zijn pik.

De impact van zijn stijfheid deed haar de adem benemen en ze keek naar hem op en greep het bed stevig vast.

'Doe me geen pijn,' fluisterde hij hardop.

'Ik wil je geen pijn doen, schat. Ik wil je geen pijn doen. Ik hou zoveel van je dat ik alles voor je zou doen.'

Bridget kwam tot bezinning en voelde zijn tederheid.

Ze begon te ontspannen.

Hij kuste haar nek, streelde haar haar met zijn hand en alles voelde weer zo veilig en zo goed.

Ze sloeg haar armen om hem heen en greep zijn schouders terwijl hij langzaam en met totale genegenheid in en uit liep.

Nu had ze het en wilde niet dat het stopte.

'Ik hou van je Burt,' fluisterde ze.

Bridget bracht het naar haar toe en voelde elke schok van zijn hardheid die haar lichaam deed beven van behoefte.

Ze voelde hem rillen en toen zei een stroom van warmte in haar dat hij was weggelopen.

Er viel een korte stilte en hij keek haar aan en streelde haar gezicht.

'Het spijt me. Ik kon mezelf niet inhouden.' Calvin verontschuldigde zich en glimlachte naar haar.

"Het is in orde."

'Meende je wat je zei? Houd je echt van me?'

"Ik weet het niet zeker."

Ze was onzeker.

Wat was het verschil tussen lust en echte liefde?

Ze wist dat wat ze voor Calvin voelde een soort nabijheid en bewondering voor hem was.

Ze had zich vaak afgevraagd hoe het zou zijn om met haar naar bed te gaan, en in zekere zin waren die gevoelens ook van toepassing op Leonardo.

Maar dat was niets vergeleken met de liefde die ze voor haar vader had gevoeld.

Er was niet alleen bewondering, maar het gevoel dat ze een deel van hem was en nooit seks met hem wilde hebben, behalve in haar wildste fantasie, waarvan ze wist dat het verboden was.

Maar hoe heette dat ding eigenlijk liefde?

'Denkt u? Waar denkt u aan?' Ik vraag.

'Liefde. Ik begrijp nog steeds niet wat het werkelijk is.'

'Maar je moet iets voelen, nietwaar?'

"Ik wel. Maar..."

'Wat? Vertel me hoe je je voelt?'

'Ik kan het niet. Ik weet niet hoe ik het moet uitleggen.'

Calvin ging op de rand van het bed zitten en streek met zijn hand over zijn haar.

'Sorry Bridget. Ik heb je in de war gebracht, nietwaar?'

"Wat bedoelt u?"

'Al die tijd heb ik je aan mezelf opgedrongen. Je hebt nooit van me willen houden. Ik was het voor jou.'

Bridget leunde achterover en dacht na over wat ze had gezegd.

Burt was een ongelooflijk knappe man en hij realiseerde zich dat hij hem vanaf de eerste dag zag.

Wat ze op dat moment echt voelde, was niets anders dan pure lust en het verlangen om het te hebben.

Toen ze elkaar eindelijk ontmoetten, voelde het anders voor hen.

Ze wilde gewoon diep van hem houden in haar fantasieën, maar ze was er niet echt klaar voor.

'Volgens mij heb ik nooit echt van je gehouden,' zei ze tegen hem. 'Ik hield gewoon van je. Wat ik voelde was niet hetzelfde als wat jij voor mij voelde.'

"Ik wist het." Calvin stond op en keek haar aan. "Jij houd niet van mij".

"Niet." Bridget trok haar hoofd weg van zijn blik en wachtte tot hij stilletjes de kamer verliet.

***

Jacky bevrijdde zijn gastheer uit zijn vuisten en hij viel op zijn knieën en deed zijn masker af.

Ze zag hem zijn hoofd bewegen terwijl hij naar haar keek terwijl het zweet op zijn voorhoofd brak en de grijze stoppels die zijn gezicht sierden, hem er op de harde manier erg aantrekkelijk uitzagen.

'Jij teef,' mompelde hij. Er was angst in zijn ogen.

'Ik hou ervan als een man boos wordt. Ben je boos op me, Leonardo?'

'Waarom doe je dit? En wat heb je met Bridget gedaan? Als je haar pijn doet, zweer ik je dat ik je vermoord.'

'Maak je geen zorgen, ze is veilig.' Ze stapte dichterbij, pakte zijn haar in haar hand en drukte haar hoofd tegen zijn schaamheuvel. Ze voelde zijn adem in zijn geur zuigen. "Vind je deze Leonardo leuk? Ben je klaar om met me te spelen?"

'Je bent gek, helemaal gek. Daar win je me niet mee.'

'Dan moet ik je misschien nog meer martelen.'

Leonardo begon weer op krachten te komen en duwde haar hand weg.

Hij stond langzaam op en keek haar aan.

'Vertel me eens. Wat heb je met Bridget gedaan?' Jacky keek hem aan en glimlachte. "Vertel het me!"

"Ze leeft en is gezond. Ik heb haar laten gaan. Bovendien was ze sowieso niet leuk. Ik wilde dat je alleen voor mij was. Zodat ze je kon hebben zoals Jane je ooit helemaal voor jezelf had."

'Dus dat is het? Was je jaloers?'

'Ze had het allemaal.'

'En je voelde je buitengesloten? Nietwaar, Jacky?'

"Kan zijn."

Ze bleef glimlachen, een zekere obsessie in haar ogen vertelde hem nu alles.

Dit hele spel ging over afgunst, en niet alleen over een gruwelijke manier om wraak te nemen voor de dood van zijn zus.

Hij wilde haar bij de nek grijpen, de sporen in haar nek vervagen waar de zweep haar een paar dagen eerder had geslagen, en haar wurgen.

Maar toen realiseerde Leonardo zich dat hij die man niet was.

Er was meer voor nodig dan de martelingen die hij had doorstaan om hem zo ver te krijgen.

'Jacky, je moet nu stoppen. Stop ermee en laat me gaan.'

"Niet." Zij schudde haar hoofd. 'Speel met me. Doe wat je met Jane hebt gedaan, doe het tot nu toe niet met mij.' Ze gaat zachtjes met haar vingers over zijn borst en streelt zachtjes zijn tepel. 'Ik wil dat je me de pijn laat voelen.'

'Nee. Dat is nu verleden tijd. Ik heb deze dingen toch nooit willen doen.'

'Waarom deed je het dan?'

"Ze liet me het doen. En omdat ik van haar hield, deed ik het."

"Wat bedoelt u?" Zijn glimlach vervaagde en maakte plaats voor een nieuwsgierige blik, alsof wat hij had gezegd nergens op sloeg.

"Ja Jacky, ik deed het omdat ik van haar hield."

"Niet!"

'Het is waar. Kijk, ik kan je dit niet aandoen omdat ik niet van je hou zoals je zus. Wat ga je nu doen?'

"Niet!" Jacky deed een stap achteruit, keek hem aan en herhaalde zichzelf. "Je doet niemand pijn als je van ze houdt."

"Ja, dat doe je. Omdat echte liefde zo sterk is, zul je alles doen voor de persoon van wie je houdt. Je zult ze zelfs pijn doen als je dat wilt."

'Doe me dan pijn omdat je me haat!'

"Nee! Ik weet waarom je dat doet, Jacky. Omdat je jaloers was op Jane. Geef het toe. Je leerde me te haten omdat je me niet zoals haar kon hebben en toen dacht je dat ik haar had laten vermoorden, wat de haat voel je nu nog steeds."

Leonardo nam haar in zijn armen en Jacky keek hem in de ogen.

'Laat me dan van je houden zoals zij,' vroeg hij, bijna fluisterend, terwijl haar lippen dichter bij de zijne kwamen.

'Nee. Dat kan niet. Ik kan nooit van je houden zoals ik van haar hield.'

"Waarom niet?"

'Je bent niet dezelfde persoon als zij. Je zou Jane nooit kunnen vervangen.'

'Maar je houdt van Bridget. Waarom niet van mij?' Jacky ging weg. 'Kijk naar mij! Ben ik niet mooi zoals jij?'

"Als je mooi bent." Leonardo raakte met gebalde vuist zijn borst aan. 'Maar ik heb hier niets voor je. Begrijp je dat?'

Leonardo merkte dat zijn ogen zich vulden met tranen toen hij naar hem keek.

# 12.

Jacky viel op haar knieën en sloeg haar armen om Leonardo's kuiten, omhelsde en vroeg hem om vergeving.

Het was zo'n plotselinge verandering in zijn gedrag van de vorige momenten dat Leonardo geschokt was.

'Ik smeek je, Leonardo, zeg me alsjeblieft dat je van me houdt, alsjeblieft,' schreeuwde hij. Ze hief haar hoofd om hem aan te kijken, haar ogen glazig van tranen. 'Je moet van me houden. Voel dezelfde liefde die je Jane gaf.'

Leonardo bukte zich, zette haar op en nam haar in zijn armen.

"Jacky, je bent zelfs na al die jaren teleurgesteld. Het kost tijd om van iemand te houden. Je bent gewoon een vreemde voor me. Laat me nu gaan."

Thomas keek naar het paar en realiseerde zich dingen die hij nog nooit eerder had opgemerkt over zijn geliefde en baas in dit gesprek dat hij zojuist had gezien.

In haar hoofd begonnen de dingen samen te komen, de feiten en het verhaal van haar minnaar als een raadsel in de loop der jaren dat ze ze had gekend, bij elkaar pasten.

Ze was rijk en enigszins machtig, een zakenvrouw, en ze genoot net zoveel van hun seksuele afwijkingen van de norm als hij ervan genoot om er deel van uit te maken.

Voor Thomas, een slachtoffer van dwerggroei, was seks geen gemakkelijke zaak in de normale wereld.

'Ga weg, Leonardo. Het is duidelijk dat ik mijn tijd met jou heb verspild.' Jacky wendde zich van hem af. 'Je zult nooit van me houden zoals je van Jane hield. Het heeft geen zin om te proberen je van me te laten houden.'

"Jacky, ik begrijp wat je probeert te doen. Maar zo werken de dingen niet", legde Leonardo uit. 'Ik weet niet eens zeker of ik van Bridget hou. Alleen de tijd zal het leren.'

Hij stak zijn hand uit om haar gezicht aan te raken, maar ze duwde hem weg.

'Raak me niet aan. Laat me gewoon met rust.'

'Vertel me eens iets, Jacky? Waar is Bridget? Wat heb je met haar gedaan?'

***

Bobby Harris zocht in de achterstraten van de oude stad naar markten waar snuisterijen en oude boeken werden verkocht uit open kraampjes.

Het was een plek die sekten onder de burgers aantrok, en studenten vulden de wijnbars die een wereld dienden die aan de norm van het dagelijks leven ontsnapte.

Hij belde een nummer op zijn mobiele telefoon.

'Carl? Ik ben hier, maar ik kan de plek die ik zoek niet vinden. Er zijn zoveel kleine winkeltjes en bars dat het geweldig is.'

Ongebruikelijk voor een politieagent, verloor hij zichzelf in een deel van de stad dat hij zelden bezocht.

Carl gaf hem verdere instructies via de telefoon, en met deze hulp liep Bobby door de vele kleine steegjes totdat hij eindelijk vond wat hij zocht.

Gelegen tussen twee bakkerijen, vond het zijn bestemming.

Miss Jacky's Seksueel Plezier Handelscentrum.

Een winkeltje met levensgrote foto's van zichzelf, hoe Jacky poseert in verschillende leren outfits en zwaait met een zweep op het raam om klanten uit te nodigen om binnen te komen.

Bobby stopte even voor hem en glimlachte even, denkend aan wat hij erin zou vinden.

Natuurlijk wist hij wat hem te wachten stond.

Hij beschouwde zichzelf als een man in de wereld en een sekswinkel van dit kaliber zou niet anders zijn dan alle andere.

Binnen waren meer levensgrote foto's en uitsnijdingen van Jacky tussen rijen planken gevuld met verschillende seksspeeltjes en bondage-instrumenten.

Er was zachte muziek op de achtergrond en de winkel leek leeg van klanten en zelfs personeel totdat hij op zijn rug op de schouder werd geslagen terwijl hij de glazen dildo's bewonderde.

"Kan ik u helpen?" De stem behoorde toe aan een persoon die tegelijkertijd van beide geslachten leek te zijn.

Bobby realiseerde zich al snel dat hij een man was, maar ook erg vrouwelijk en gekleed als een vrouw, misschien een travestiet, en de borsten waren zeker zo echt dat hij de indruk wekte dat de persoon transgender zou kunnen zijn.

'Ja, je zou me kunnen helpen. Ik was net aan het zoeken, maar ik ben op zoek naar informatie over de eigenaar.'

'Juffrouw Jacky? En naar welke informatie zou ze op zoek kunnen zijn?' vroeg de persoon met een glimlach en liet zijn lange zilveren oogleden zien.

'Gaat ze wel eens naar het huis?' Bobby pakte een dildo van de plank, een lange zwarte rubberen penis van minstens veertien centimeter lang. "Vertel eens, koopt iemand deze dingen echt?"

"Ja op de eerste vraag en weer ja op de tweede."

"Hoe vaak?"

'Zou dat een verlengstuk zijn van uw eerste of tweede vraag, meneer?'

"Eerst."

De klerk liep over het eiland tussen de planken en Bobby volgde hem.

Hij zweeg even bij een foto van Jacky in een rood leren catsuit. Haar blonde haar was samengebonden in wat eruitzag als een cascadering van gouden fontein die boven haar hoofd uitstak, en haar lippen waren donkerrood met één oog gesloten in een ondeugende knipoog.

"Sorry! Is dat de eigenaar die op alle belichte foto's poseert?"

De assistent draaide zich om en antwoordde.

"Natuurlijk. Alleen de eigenaar verschijnt in al onze advertenties hier."

"Ze is een heel mooie vrouw. Ze ziet er erg dominant uit in al deze poses die ik zie. Noem je haar zo... domi...?"

"Een dominatrix, ja."

'Dat is het woord dat ik zocht, dank je.'

"Mag ik je nu een vraag stellen?" vroeg de assistent.

'Natuurlijk. Zolang ik kan antwoorden.'

"Bent u een agent?"

'Eigenlijk wel. Maar maak je geen zorgen; ik sta niet op de lijst of zo. Ik volg slechts een paar onderzoekslijnen naar een specifiek incident dat een paar dagen geleden is gebeurd.'

"En is de eigenaar betrokken bij dit incident?"

'Ik weet het nog niet zeker. Bovendien kan ik niet te veel informatie prijsgeven, zoals je begrijpt.'

De assistent liep naar de toonbank en Bobby volgde hem vol ontzag voor de artikelen die om hem heen te koop waren.

"Probeer het hier..." De assistent gaf hem een visitekaartje.

'Nee! Ik weet waar ze woont. Ik moest gewoon weten of ze hier af en toe komt en hoe vaak. En mag ik vragen wat er in die achterkamer is?'

"Het is gewoon een kamer van waarden en een kerker." De assistent antwoordde. 'Ze gaat bij hen langs als dat nodig is.'

'Je zei een kerker. Welke kerker?'

'Meneer, ik kan niet geloven hoe naïef u bent. Probeert u stom te spelen?'

"Nee, ik ben gewoon nieuwsgierig, dat is alles." Bobby antwoordde met een glimlach.

* * *

Carl werd vanuit zijn kantoor naar de receptie op het politiebureau geroepen.

De receptioniste zei dat een man net een vermiste vrouw had aangegeven, Bridget Baldwin.

Carl wierp een blik over de schouder van de officier en zag Leonardo aan de balie wachten.

Hij zag er stoer uit en moest zich scheren na zijn vele uren in gevangenschap, en Carl ging met hem praten.

'Neem me niet kwalijk, meneer, heeft u een vermiste vrouw aangegeven?'

"Ja, mijn naam is Leonardo Biscas, ik maak me grote zorgen om mijn vriendin Bridget Baldwin. Je moet me helpen."

'Nou meneer, we waren eigenlijk naar u op zoek.'

'Het maakt niet uit. Heb je haar al gevonden?'

'Ja, dat hebben we. Je bent veilig en voor zover we weten. Maar er loopt momenteel een moordonderzoek. Ga je met me mee naar mijn kantoor? Ik heb wat vragen te stellen, alsjeblieft.' .

'Nee! Ik heb er geen tijd voor, ik moet weten waar ze is.'

'Nou meneer... dat kan ik u pas vertellen als u een paar vragen heeft beantwoord.'

Bobby Harris liep het station binnen en merkte dat zijn assistent met Leonardo aan het praten was.

'Oké Carl, ik kan wel met meneer Biscas omgaan.'

Leonardo wendde zich tot de inspecteur en vroeg hem hem te vertellen waar Bridget was.

Bobby trok het buiten het bereik van het publiek.

'Ik weet dat jullie heel vreemde spelletjes spelen.' Bobby begon. "Een beroemd supermodel wordt in een steegje gegooid en een zakenvrouw heeft een aantal zeer vreemde gewoonten. En als klap op de vuurpijl krijgen we berichten van vreemde mensen die ons vertellen dat jij en een andere man in gevaar zijn en iemand probeert jullie allebei te vermoorden ""

'Ik begrijp het, geloof me. Maar ik moet nu juffrouw Baldwin vinden.'

'Ze is veilig. Ik denk dat ze nu in haar huis is met meneer Burt Calvin.'

'Nee! Heb je haar bij Calvin achtergelaten?' Leonardo was verrast om dat te horen. 'Dat kunnen ze niet. Ze is niet veilig bij Calvin.'

"Waarom niet?"

'Je moet er nu heen gaan en haar eruit halen.'

# 13.

Calvin voegde zich bij zijn gezin voor het ontbijt en keek over de tafel naar Bridget.

Ze wist hoe hij zich voelde, volledig afgewezen en een hekel aan zichzelf.

De rest wist niets van wat er die ochtend was gebeurd.

Het was gemakkelijk voor Bridget.

Ze hield niet van hem zoals hij wilde en hoopte, en ze legde het hem uit.

Calvins mobiele telefoon ging, die zijn aandacht trok. Hij verontschuldigde zich en ging naar de keuken om de oproep aan te nemen.

Het was Jacky, ze klonk radeloos en in tranen.

"Wat is er gebeurd?" Ik vraag.

'Ik heb hem laten gaan,' was haar antwoord dat Calvin plotseling schokte en boos maakte.

Hij keek om naar Bridgets eetkamer, die met zijn vrouw stond te praten.

'Ik moest wel. Dat gaat niet werken, Burt.'

'Hoor eens, ik vertrouwde erop dat je dit zou doen. Hij gaat naar de politie.'

'Het kan me niet schelen, Burt, nu is het aan jou.'

Jacky hing op en Calvin had het gevoel dat zijn wereld om hem heen was opgelost.

Zijn plannen betekenden niets meer.

Hij hield zijn woede in en kalmeerde voordat hij de eetkamer binnenging en iedereen ontmoette.

"Bert, alles goed met je?" vroeg zijn vrouw.

"Ja schat, geen probleem. Het was iemand van het kantoor."

"Ik ben klaar om snel te gaan." Bridget informeerde hem.

'Natuurlijk breng ik je naar je appartement als je het goed vindt.'

'Dank je. Dat zou heel aardig van je zijn,' antwoordde Bridget.

Calvin glimlachte en at verder alsof er niets was gebeurd.

* * *

Calvin legde de roze koffer in de kofferbak van zijn auto en wachtte tot Bridget het huis uit was.

Hij maakte van de gelegenheid gebruik om Jacky terug te bellen terwijl hij wachtte.

Ze antwoordde vrijwel onmiddellijk.

'Wat heb je tegen Leonardo gezegd? Moet ik dat weten?' vroeg Calvijn.

'Ik heb hem alles verteld.'

'Wat heb je gedaan? Jij verdomde idioot! Je hoefde hem alleen maar te houden tot hij de deal sloot. Nu heb je ons net verpest.' Hij zag Bridget het huis verlaten en naar de auto gaan. 'Ik zal voor je zorgen zodra ik dit heb opgelost!' En hing op.

'Je ziet er overstuur uit, Burt. Weet je zeker dat alles in orde is?' vroeg Bridget

Nu was het duizend keer erger dan hij eerder had gedacht.

Hij opende het autoportier voor Bridget en liet haar naast zich binnen voordat hij naar de zijne haastte.

Ze kon zien dat hij ergens boos over was.

"Stil!" hij brak.

'Ben je vanmorgen nog steeds van streek? Burt, je moet het accepteren.'

'Ik zei toch dat je je mond moest houden, toch?'

'Stop de auto! Ik wil je hulp niet.'

Bridget kon zijn woede nu voelen.

Dit was geen aspect van hem dat ze kende, en ik vond het het beste om hun relatie, of wat er nog van over was, daar en dan volledig te laten eindigen.

Maar Calvijn negeerde hen, reed als een gek, kwam in de hoofdstroom van het verkeer op de snelweg terecht en kwam bijna in botsing met andere voertuigen.

'Je hebt een kans gehad, Bridget. Ik heb je een kans gegeven!'

'Bert, waar heb je het over?' Ze vroeg hem.

'Nu is het voorbij. Klaar! Begrijp je?'

'Nee! Ik ben in de war. Je hoeft niet zo te zijn, want ik hou niet van je.'

'Als je van me hield, zou het anders kunnen zijn.'

'Anders? Wat probeer je Burt te vertellen?'

'De deal. Je had er deel van kunnen uitmaken.'

"Over welke afspraak heb je het?"

Vanaf het begin legde Calvin alles uit wat hij met Jacky had gepland.

Het plan, dat leek op het idee van een gekke vrouw, was meer dan dat.

Het was zijn idee.

Hij wilde de liefde van Bridget en Leonardo dood hebben, zodat hij zijn bedrijf kon overnemen.

Een eenvoudig eliminatiespel om de controle te krijgen over een reclamebedrijf van meerdere miljoenen dollars dat Calvin hard nodig had.

'Dus alles wat je me vertelde was een leugen?' vroeg Bridget

'Nee. Ik heb je alleen niet verteld waar het in past.'

"Dus wat ga je nu doen?"

'Je zult hem snel zien,' zei ze tegen hem, met een boze uitdrukking op haar gezicht die ze van Calvin nooit had kunnen bedenken. 'Ik ben klaar. En jij ook.'

Bridget werd plotseling overmand door angst.

Haar verwarring veranderde nu in angst toen ze wanhopig nadacht over hoe ze uit haar situatie kon komen.

Er was geen fysieke uitweg.

Calvin reed nog steeds als een gek en passeerde voertuigen die de limiet overschreden.

"Waar gaan we naartoe?" Zij vroeg.

'Naar een plek waar ik weet dat ik nu veilig ben.'

'Burt, dat slaat nergens op. Denk er alsjeblieft over na.'

'Ja. Ik ben van plan wat plezier met je te maken. Ik zit in de problemen. En als je niet van me houdt, gewoon...'

"Wat?"

"Je zult het zien."

* * *

Leonardo zat in de verhoorkamer op het hoofdbureau van politie.

Harris probeerde de zaken op te helderen en te begrijpen waarom Bridget in gevaar zou zijn onder de bescherming van Burt Calvin.

Leonardo legde alles uit wat hij wist over zijn bedrijf en de deal die hij jaren geleden met Calvin had gesloten.

Een overeenkomst die Calvin in staat zou stellen de volledige controle over zijn bedrijf te krijgen mocht hij terugtreden als voorzitter van de raad van bestuur.

'Bedoel je dat Calvin een deel van je bedrijf bezit?' vroeg Harris.

'Ja. Hij is een tijdje partner geworden.' antwoordde Leonardo.

'En Jacky heeft je verteld dat dit een samenzwering was om van je af te komen?'

'Ja, inspecteur, hoe vaak moet ik u dit nog uitleggen? En nu is juffrouw Baldwin in gevaar. Als Calvin erachter komt, gaat hij haar iets geks aandoen, dus u moet proberen hem tegen te houden.'

Harris leunde achterover in zijn stoel en pakte nog een sigaret.

Als hij er maar één zou kunnen roken, zou hij misschien op zijn minst helder kunnen nadenken over deze mislukking die zich voor hem afspeelt.

Hij stak zijn hand in zijn jaszak, haalde er een pakje sigaretten uit en stak er een op terwijl Leonardo toekeek.

'In godsnaam, inspecteur, hoort u iets van wat ik zeg?'

Harris grijnsde, maar merkte tegelijkertijd Leonardo's wanhoop op en verliet de kamer om zijn assistent Carl te zoeken, die op het toetsenbord van de computer drukte en informatie zocht.

Harris stapte achter hem en keek naar het scherm waarop een foto van Thomas in een mugshot te zien was.

"Wie is dit?" Ik vraag.

'Dat, baas, is de mysterieuze 'machtige'. De man die ons de e-mails heeft gestuurd.' Carl zweeg even, rook de doordringende geur van tabaksrook en draaide zich toen snel om in zijn stoel. "Au! Ik heb hem gevangen!"

"Kijk, het is mijn eerste vandaag, ik zal eerlijk zijn. Vertel me eens over deze man. Krachtig?"

'Hij zat in de trein.' Carl reageerde door terug te gaan naar de computer. "Zes jaar voor fraude."

"Hoe is dat?" vroeg Harris.

"Hij werkte voor een circusbedrijf en betaalde tien jaar geen belasting."

'Oké, dus hij is de man die Leonardo zei dat hij als assistent voor Jacky werkte?'

'Ja, maar dat is niet alles, baas. Hij werd ook beschuldigd van seksueel misbruik in het circus voor het mishandelen van een aerialist.'

"Is dat zo?"

'Ja. Hij houdt van lange vrouwen.' antwoordde Karel.

* * *

Calvin draaide de auto een onverharde weg op die naar een verlaten boerderij leidde.

Ik zette de auto tot het uiterste op de rem, maar kon het niet helpen dat ik op volle kracht tegen een beschadigde tractor aanreed.

Bridget opende de deur en probeerde te ontsnappen, maar Calvin was sneller dan zij.

Calvin rende zo ver als hij kon, ook al was ze in het nadeel, greep haar arm en gooide haar op de grond.

# 14.

Bridget voelde Calvin zwaar tegen haar nek ademen terwijl hij op haar lag en zijn gezicht tegen de modderige vloer drukte.

De val had haar de adem benemen toen ze viel.

'Tijd om plezier te maken, Bridget. Jullie twee, lieverd, alleen jij en ik.'

'Laat me gaan, Burt. Jij bent het niet. Denk na over wat je doet,' smeekte ze, wetende dat er een kans was om hem naar de vriendelijke kant te lokken die ze ooit kende.

'Ja. Voor mij is het allemaal voorbij. Ik heb nu niets om van te leven, maar ik breng zoveel tijd met je door als ik kan. En ik zal er het beste van maken.'

Hij tilde haar op en legde beide handen op haar rug.

Een schop op de goede plek zou haar in ieder geval een kans geven om weer te ontsnappen.

Maar Bridget besloot dat niet te doen.

Ze was dankbaar dat ze in ieder geval op de been was, haar omgeving van dichterbij kon bekijken en misschien eerst een ontsnappingsroute kon plannen om zich voor hem te verbergen.

'Kijk naar jou. Je bent een puinhoop, je hebt modder op je kleren,' zei hij, bijna in haar oor fluisterend. 'Laten we eens kijken wat we eraan kunnen doen. We moeten hem eraf halen zodat we hem kunnen schoonmaken.'

Hij vergezelde haar naar de verlaten schuur.

Bridget speurde het gebied zorgvuldig af toen ze dichterbij kwamen.

De auto, de bomen langs het erf en het pad dat hen daarheen leidde.

'Wat ga je doen, Bert?' Zij vroeg. "Neuk me totdat er geen leven meer in mij is?"

'Zoiets zou je kunnen zeggen, ja.'

Ze wist op dat moment dat hij gek was geworden.

Zijn persoonlijkheid was veranderd omdat er geen uitweg voor hem was.

Hij was een man die niet kon opgeven alles te verliezen wat hij had en in plaats daarvan alles vernietigde, inclusief zichzelf, iemand van wie hij hield.

De schuur was donker, afgezien van de lichtstralen die door de gaten in het plafond kwamen.

Er lag stro op de grond en verse balen bovenop.

De stank van rot stro kwam in haar neusgaten toen hij een touwtje pakte om haar polsen vast te binden.

Toen drukte hij haar in een zacht, open kussen en begon haar enkels vast te binden.

Het ontsnappingsplan was nu veranderd.

Maar ze verzette zich niet tegen hem.

'Niemand kent deze plek. Het is nu allemaal van mij en van jou. Het is vele kilometers van hier naar een bewoonde plaats,' zei hij.

Hij haalde de mobiele telefoon uit zijn jaszak, gooide hem in de schuur en sloeg hem tegen een houten balk.

'Ik denk niet dat je het meer nodig zult hebben.'

Weer een kans om te ontsnappen en zelfs om te redden was voorbij.

Ze keek toe hoe hij haar roze blouse uit elkaar trok en haar beha-bedekte borsten blootlegde.

Zijn hand pakte voorzichtig een van haar tieten en kneep erin toen hij in haar ogen keek.

Heel even zag ze hem kalm lijken tot er een boze grijns op zijn gezicht verscheen.

Eén ruk aan het kledingstuk en het brak in zijn sterke hand en brak het.

Spanning greep haar bij de schouders en deed pijn, waardoor ze huiverde van de pijn.

De angst die haar nu volledig vervulde deed haar de controle over haar lichaamsfuncties verliezen en ze plast op zichzelf.

Ze begon te huilen en te trillen.

'Doe dat niet, Burt, ga hier alsjeblieft niet doorheen.'

'Vind je het niet leuk? Ik dacht dat Leonardo daar aan begon?' zei hij en spuugde zijn woorden in haar gezicht. 'Je houdt van Leonardo, toch?'

"Dat klopt, ja ... ik was het bijna vergeten," vervolgde hij. 'Je hebt hem je maagdelijkheid laten afnemen, nietwaar?' Zijn hand bewoog op en neer langs haar rok en raakte haar dijbeen aan toen hij haar kruis vond. 'Ja... je hebt hem iets gegeven wat ik altijd al wilde hebben. Iets waarvan ik dacht dat je het gewoon voor me zou bewaren.'

'Bert... niet doen.'

"Waarom zou ik stoppen?"

Zijn vinger drukte pijnlijk tegen haar geslachtsdelen en drukte tegen de zijde van haar slipje.

Bridget bleef huilen alsof haar wereld was geëindigd en er bleef alleen een gevoel van wanhoop over.

Calvin sloeg haar hard in het gezicht.

Geschrokken bleef ze staan en keek hem aan.

"Je bent niets anders dan een slet!"

Ze trok haar slipje op haar knieën en trok toen een Zwitsers zakmes uit haar jas, knipte beide kanten van het elastiek af en gooide het over haar borsten.

Bridget was totaal geschokt en keek hem zwijgend aan terwijl hij haar rok vasthaakte en haar navel begon te kussen, en toen haar jarretelgordel tussen haar tanden begon te trekken.

'Burt, doe me geen pijn. Ik zal doen wat je wilt,' zei ze tegen hem. "We kunnen samen wegrennen, ergens ver weg zodat niemand ons kan vinden."

"Wat?" Hij hief zijn hoofd op om haar aan te kijken. 'Je kunt nergens heen, stomme meid. Denk je dat ik in deze truc trap? Je doet maar wat je wilt, dat klopt. Maar samen wandelen hoort daar niet bij.'

"En de...?"

'Je zult er snel genoeg achter komen. Omdat ik nu van je hou en verder niets meer uitmaakt.'

'Ik moet opruimen. Ik zie er nu niet goed uit voor je.'

'Natuurlijk schat, het spijt me. Vergeef me dat ik zo ongeduldig ben.'

Calvin stond op en keek haar aan.

De met modder besmeurde kleren die ze droeg hadden hem aan zijn belofte herinnerd, en nu was ze smerig en moest ze voor haar vrouwelijke reinheid zorgen om haar een beter gevoel te geven en misschien meer seksuele jegens hem.

Maar Bridget had genoeg van haar geest hervonden om opnieuw na te denken over hem te slim af te zijn en haar zwakheden te gebruiken om aan hem te ontsnappen.

'Je moet me losmaken,' zei hij.

'Nee! Ik zal je wel zelf wassen.' Beantwoord.

'Burt, alsjeblieft, alsjeblieft. Laat me voor mezelf zorgen. Ik beloof je dat ik niet wegloop... dat verzeker ik je.'

'Nee, ik kan je niet vertrouwen schat, het spijt me. Ik zal een emmer water en een washandje halen.'

'Ik heb zeep nodig. Er zit iets in mijn koffer.'

Hij zei haar stil te blijven en niet weg te gaan van haar locatie voordat ze de schuur verliet.

Bridget wachtte een paar minuten en ging toen op haar knieën zitten en stond uiteindelijk op.

Ze kon hem door een gat in de muur het erf zien oversteken toen hij naar de auto liep, dus sprong ze dichter naar de muur om hem beter in de gaten te kunnen houden.

Hij zag de houten balk boven de deur om hem van binnenuit te sluiten.

Het was rechtop en opvouwbaar.

Eén druk en het zou van zijn plaats vallen.

In ieder geval zou de deur op slot zijn en zou hij niet meer naar binnen kunnen.

Dus sprong hij weer met zijn polsen achter zijn rug naar de balk om hem eraf te trekken.

Hij begon langzaam te bewegen en ging gelukkig zitten en sloot de staldeur.

Calvin opende de koffer en hoorde het geluid uit de schuur.

Hij rende snel naar de deuren en drukte er tegenaan.

"Bitch! Wat heb je gedaan?"

De deuren waren op slot en hij probeerde ze met zijn schouders te openen.

Na een paar keer stopte hij en realiseerde hij zich dat zijn inspanningen nutteloos waren.

'Bridget... luister naar me, schat. Dit is niet goed. Doe de deuren open. Doe alsjeblieft de deuren voor me open.'

Bridget leunde tegen de muur en luisterde naar haar smeekbeden.

Hij had nu zijn mobiele telefoon nodig, maar die lag in stukken op de grond verspreid.

Iets wat ze in haar haast even vergeten was en wanhopig begon te huilen gleed langzaam langs de muur op de grond.

# 15.

Harris keerde terug naar de verhoorkamer en zette een kop warme koffie op tafel voor Leonardo.

Hij keek de inspecteur met donkere ogen aan.

'Nou, heb je gezien of ze bij hem was?'

'Mijn assistent doet dit nu. Maar eerst heb ik nog een paar vragen voor je, vind je niet?' Harris ging aan tafel zitten en opende zijn notitieboekje. "Kijk, de dingen zijn hier verwarrend en alles wat ik erin zie is een mix van verschillende mensen die bij allerlei dingen betrokken zijn en het grootste probleem lijkt seks te zijn."

"Seks?" Leonardo ging in zijn stoel zitten en keek Harris wantrouwend aan. "Wat betekent het?" Hij nam de kop koffie, proefde de inhoud en trok een grimas bij het gebrek aan smaak.

"Ik hou niet van al deze dingen waarin je geïnteresseerd bent. Maar er lijkt hier een mysterie te zijn en ik vind het erg moeilijk om dit allemaal te reconstrueren. Ze zeggen dat Calvin probeert zijn bedrijf over te nemen, en dat Miss Baldwin aan moord dacht, Miss Carrington en...'

'Nee, nee, deze moord was een misverstand over juffrouw Baldwin. Vergeet dat allemaal maar.'

'Maar de moord is een misdaad. En jij was een van de mogelijke slachtoffers. Ik moet het onderzoeken.'

'Het belangrijkste is nu om Bridget te vinden. Ze realiseert zich niet in welk gevaar ze verkeert. Ik ben erachter wat er aan de hand is. Het is een samenzwering om mij te vermoorden om mijn zaken te krijgen die gepland waren tussen Calvin en Jacky. Alles. is de eerste poging en nu mislukt, ook zijn tweede plan mislukt."

'Tweede plan? Nu ben ik in de war. Ik kan het maar beter uitleggen.'

'Maar de tijd dringt! Bridget is in gevaar, begrijp je dat niet?' Leonardo sloeg hard met zijn hand op de tafel en de koffie liep uit het kopje. "Calvin gaat haar nu vermoorden omdat hij alles heeft verloren wat hij echt wilde."

'Wat hij zegt is dat hij suïcidaal is? En gaat hij iemand anders meenemen?'

"Precies. De jongen is gestoord, hij is een controlefreak en hij is blut. Zonder mijn zaken heeft hij helemaal niets en hij sloeg Jacky lang geleden aan stukken en hield de gedachten levend in zijn hoofd dat ik Jane heb vermoord. Hij is een manipulator en Thomas hebben me alles uitgelegd voordat ik vanmorgen vertrok."

'Thomas? Daarom stuurde je deze e-mails? Hij probeerde ons informatie te geven. Maar ik dacht dat Calvin dit voor juffrouw Baldwin deed? Zou hij niet van haar moeten houden?'

'Ja, dat doet hij. Hij houdt van haar tot de dood.'

* * *

Buiten de schuur was alles stil.

Bridget kalmeerde en luisterde aandachtig terwijl ze haar benen door zijn armen liet glijden, zodat het touw aan de voorkant om haar polsen was gebonden in plaats van aan de achterkant.

Het touw spande zich en beet in haar huid, maar ze haalde het.

Hij keek naar de knoop en probeerde hem toen met zijn tanden los te maken, maar tevergeefs.

"Bridget...!" Calvijns stem echode door een spleet in de houten planken van de muur. 'Waarom deed je de deur dicht, schat? Je weet dat dit alles is wat we hebben. Die laatste tedere momenten samen. Waarom zou je ze verpesten? Doe alsjeblieft de deur open.'

'Dit is gek, Burt. Je bent zo gek! Ga weg en laat me met rust.' Ze probeerde erachter te komen in welke van de vele kloven hij sprak. 'Ik weet niet waarom je dit doet, maar je komt er nooit mee weg.'

"Ik heb alles wat je nodig hebt om op te ruimen. Breek het niet. We kunnen een geweldige tijd samen hebben. Ik beloof dat ik je geen pijn zal doen. Het was nooit mijn bedoeling om je pijn te doen en het spijt me dat ik zo hard werd Voor. Open alsjeblieft de deur.'

Bridget doorzocht de schuur en pakte alle stukjes van de kapotte mobiele telefoon die ze kon vinden, maar die was onherstelbaar kapot.

Zijn polsen begonnen te bloeden toen het touw ernstig zonk.

Toen merkte ze dat hij wegliep van de schuur en door een spleet keek.

Hij opende de kofferbak van zijn auto en haalde er een bijl uit.

Zijn hart klopte nog sneller bij de gedachte aan wat er zou komen.

'Niemand weet dat we hier zijn, schat!' de Schreeuw. 'Zo heb ik het niet gepland, en je dwingt me onnodig geweld te gebruiken.' Hij ging naar de schuur met de bijl op zijn schouder. 'Ik ben niet blij Bridget. Sterker nog, ik ben nu echt boos op je.'

Calvin sloeg met zijn bijl tegen de staldeur en liet houtkrullen naar binnen vliegen.

Deze klap creëerde een opening die groot genoeg was om binnen te komen.

Hij keek naar haar, ineenkrimpend tegen de muur.

Ze beefde van angst en schudde haar hoofd toen hij haar naderde.

'Nee, Burt, doe me alsjeblieft geen pijn.'

Hij pakte haar zachte haar in zijn hand, draaide het strak en bracht haar op haar knieën.

De pijn was te veel voor haar bovenop de angst die ze al voelde, en Bridget ging van het bewustzijn over naar een traumatische droom.

Hij liet haar los en haar slappe lichaam viel op zijn voeten.

"Bridget?"

Hij knielde naast haar neer en zocht naar een hartslag in de achterkant van haar nek.

Ze leefde nog en met enige spijt nam hij haar in zijn armen en omhelsde haar stevig.

'Schat, het spijt me zo. Je hebt me kwaad gemaakt.'

Hij fluisterde dicht bij haar oor.

Zijn hand raakte zachtjes haar blote borsten aan.

'Ik zou je nooit pijn doen, ik weet niet eens wat ik doe. Ik zweer het.'

Langzaam maakte hij het touw om zijn polsen los, trok het eruit en legde het op een hoop stro.

Zijn vingers volgden de lijn van haar gezicht en ze opende haar ogen en keek hem aan.

"Waarom?" vroeg ze zacht.

Hij glimlachte naar haar.

"Als ik kon, zou ik met je weglopen en me verstoppen voor deze puinhoop waarin ik me bevind. Maar je houdt echt niet van me, of wel? Door de jaren heen heb ik van je gehouden en geprobeerd je dat te laten beseffen. Jij. Je bent in me terechtgekomen. Hoofd en ik kan je daar niet uit krijgen. Ik deed het gewoon zodat ik bij je kon zijn. '

Bridget was buiten de rede.

Zijn geest was geschokt en probeerde wanhopig met hem in het reine te komen en te begrijpen wat er met hem gebeurde.

Maar ze hoorde wat hij tegen haar zei en ze stak haar hand uit en raakte zijn gezicht aan.

'Ik kan niet gedwongen worden lief te hebben, niemand kan dat. Laat me gaan, Burt. Als je zoveel van me houdt, laat me dan gaan.'

Zijn ogen sloten zich weer toen hij terugviel in een staat van bewusteloosheid.

Calvin stond op en keek naar haar terwijl ze op de grond lag naar wat hij haar had aangedaan.

Op dat moment wist hij dat wat hij probeerde te doen heel verkeerd was en hij had er veel spijt van.

Het had geen zin om te doen swat hij had gedaan, en nu was de enige manier om verantwoordelijkheid te nemen voor wat hij deed.

Hij liet de bijl op de grond vallen en liep de schuur uit in de richting van de auto.

* * *

Carl keerde terug naar het politiebureau en belde zijn baas.

"Niemand weet waar hij is of had kunnen zijn. Ik heb het zijn familie gevraagd en het enige wat ze allemaal weten is dat hij vanmorgen naar zijn werk is gegaan. Zijn secretaresse zei dat hij ook geen geplande afspraken heeft."

'Mooi werk. Ik denk dat we Thomas dringend moeten spreken.' antwoordde Harris. 'Ga naar Carringtons huis en zoek hem snel op. Ik denk dat we misschien een ramp krijgen als je dat niet doet. Vind hem.'

* * *

Calvin zat in zijn auto en keek naar de schuur voordat hij het handschoenenkastje opende.

Hij stak zijn hand uit, haalde een pistool tevoorschijn, controleerde of de kogels op hun plaats zaten en hield het toen in zijn hand alsof hij het bewonderde.

'Ik wist dat je op een dag nuttig zou zijn.' zei hij tegen zichzelf.

# 16.

Bridget opende haar ogen en een paar seconden van bewusteloosheid hadden haar naar een plaats van totale duisternis gebracht.

Het was al nacht en de koude lucht deed haar beven terwijl ze in het vochtige stro lag.

Het laatste wat ze zag, was dat Calvin naar haar keek. Het geluid van zijn stem smeekte om vergeving en nu was alles om haar heen stil.

In de verte verbrak het geluid van een vliegende helikopter de stilte en ze stond langzaam op, terwijl ze gescheurde kleding vasthield om zichzelf te verwarmen en te troosten en haar naaktheid te beschermen.

Nu kwam alles wat er die dag was gebeurd weer bij haar terug en veranderde de kou die door haar heen ging weer in een gevoel van angst.

Verborg hij zich en wachtte hij om vanuit de duisternis van de schuur op haar te springen?

Waar was het?

Zijn hoofd vulde zich met vragen en het geluid van de helikopter werd luider buiten.

Een lichtstraal verlichtte de buitenkant van de plaats en veegde toen de schuur.

Bridget opende de deur en strompelde naar het luchtschip.

De helikopter zocht tot hij zijn straal op haar richtte.

De schittering van het licht zorgde ervoor dat ze haar ogen afschermde van hem en het gescheurde kledingstuk met de lucht die door de propellers werd gegenereerd, waardoor ze werden blootgesteld aan de duidelijke blik van de piloot en zijn partner.

'Charlie zeven en negen, ik denk dat we er een hebben gevonden.' De partner antwoordde op zijn radio. 'Het is de vrouw, maar er is geen spoor van het andere doelwit.'

"Ok, zeg haar dat ze moet blijven waar ze is." De piloot is geïnformeerd.

'Het is de politie! Schrik niet en beweeg niet!' De stem van de begeleider echode door een luidspreker boven het geluid van de motoren van de helikopter.

Bridget verstijfde, keek naar haar en schermde haar ogen af voor de enige beschikbare lichtbron.

'Er zal zo snel mogelijk een geüniformeerde officier bij u zijn.'

En zodra de collega dit zei, was in de verte de sirene van een politieauto te horen.

En de plaats kwam tot leven, de ene patrouille na de andere verscheen uit het niets.

***

Bridget was in een deken gewikkeld, nog steeds bij zinnend, en werd bijgestaan door een agent achter in een van de auto's.

'Oké, juffrouw Baldwin, u bent nu veilig.'

De zachte, kalme stem sprak tot hem te midden van de verwarring van andere stemmen op de radio en die van andere agenten die ter plaatse spraken.

'Ben je gewond? Voel je pijn?'

Bridget schudde als reactie haar hoofd en hield de dekens steviger vast.

'Waar is Bert?' vroeg ze, bijna fluisterend.

Hij kreeg geen antwoord totdat hij een andere verslaggever hoorde zeggen:

'We hebben hem gevonden. Hij ligt dood in de auto. Het lijkt op zelfmoord. Hij heeft een pistool in zijn hand.'

Bridget staarde hem aan.

Zijn ogen staarden leeg terwijl de woorden in zijn gedachten kwamen.

"Hij is dood".

Hij bleef de woorden in zijn hoofd herhalen totdat hij ze begon te begrijpen, en nam bij elke ademhaling een sterkere betekenis aan totdat hij schreeuwde:

"Nee!"

* * *

Op de achtergrond klonk de zachte, rustgevende muziek van Beethoven.

Bridget lag met haar ogen dicht en glimlachte, herinnerde zich een concertzaal en zag haar vader het orkest dirigeren.

Ze glimlachte, voelde zich tevreden en gelukkig.

Het gevoel van een warme kus, gevolgd door het zachte krabben van een tong over haar tepel, zond aangename sensaties over haar rug.

Zijn glimlach werd breder toen hij zich in diepere kussen boog.

Het koude gevoel, gevolgd door warmere kussen en strelingen, zachte beten waar haar handen de zachte huid van haar vingertoppen vastgrepen en aanraakten.

Ze streek met haar vingers over zijn schouders en verkende hem verder. Ze ving zijn geur op en voelde de zachtheid van zijn haar toen hij omhoog kwam. Zijn warme, rustgevende lichaam was dicht bij het hare.

Haar ogen werden groot en ontmoetten zijn donkerbruine ogen, die haar aanstaarden.

Toen ontmoetten hun lippen elkaar en de kus werd met elke seconde hartstochtelijker.

Bridget was veilig en alles wat er was gebeurd was verleden tijd.

Wat een paar avonden geleden begon in het restaurant toen ze elkaar voor het eerst ontmoetten, kon worden voortgezet zoals gepland en werd niet langer door het lot verboden.

Ze was lang geleden verliefd op hem geworden en zijn liefde voor haar begon toen ze voor het eerst aten en kletsten op de tafel in het restaurant.

Hun lippen gingen uiteen.

'Je bent het mooiste wezen dat ik ooit heb gezien. Niemand kan je vergelijken met degenen van wie ik eerder heb gehouden.'

'Zelfs Jane of Jacky niet?' vroeg Bridget spottend.

"Kan zijn ..."

Ze legde een vinger op zijn lippen om hem het zwijgen op te leggen.

'Wees heel voorzichtig met wat je zegt, Leonardo. Ik hou van wat ik net heb gehoord en ik wil niets anders horen.'

"Dus ja, ik meende wat ik zei."

"Weet je zeker dat?"

"Absoluut."

"Houd dan van me als nooit tevoren."

'Is dat een bevel, mevrouw?'

'Ah! Het is geen bevel, Leonardo. Geen bevel of geheime bevel meer, bedenk dat ik niet zo ben.'

'Dan ga ik met je naar bed omdat ik dat wil.' Hij antwoordde met een glimlach die haar deed tintelen, een glimlach die haar vervulde van plezier, een glimlach die haar betoverde omdat hij toebehoorde aan de man die ze zo aanbad.

De muziek bleef spelen en een licht briesje blies door het open raam met uitzicht op de schemering van Florence.

Leonardo had haar bij hem thuis uitgenodigd.

Het gaf hen allebei de kans om hun relatie te herstellen en te proberen de recente gebeurtenissen in hun leven te vergeten.

Ze brachten drie lange weken samen door.

In die tijd werd Bridget niet alleen verliefd op Leonardo, maar ook op haar vaderland.

Ze bedreven de liefde bij elke gelegenheid die zich voordeed en spraken over een nieuwe pagina in Bridget's carrière om verder te gaan als actrice in de reclame.

Maar er waren nog steeds dingen te doen, en een persoon moest zien terwijl hij daar was, om zichzelf te bevrijden van een demon die hen had achtervolgd sinds de vroegtijdige dood van hun vader.

* * *

Angel woonde alleen in zijn enorme appartement, een appartement dat Leonardo met hem had gedeeld.

Ze had hen allebei uitgenodigd voor het eten en toen ze aankwamen voelde ze zich vreemd toen Bridget Angel weer omhelsde na een lange periode van haat tegen hem.

Hij zag er ouder uit, zijn haar zag er veel grijzer uit dan voorheen, en het was ook duidelijk dat hij leed aan een ziekte waarover hij niets had verteld.

De drie zaten aan een tafel en deelden hun eten.

Michelangelo leek meer met Leonardo te praten dan met Angel, maar dat was te verwachten.

En ze luisterde zo goed als ze kon naar hun gesprekken als ze in het Engels spraken in plaats van in het Italiaans, en ze concentreerde zich vooral op de tijd die de twee al zoveel jaren samen als vrienden hadden doorgebracht.

Bridget nipte van de zoete rode wijn uit haar glas terwijl Leonardo het haar vroeg.

'Wanneer hoorde u van uw ziekte?'

Bridget wachtte tot Angel antwoordde.

Maar het ging niet zo snel als ze had verwacht.

In plaats daarvan stak Angel zijn hand uit en legde zijn hand op de hare, stevig maar zachtjes knijpend.

'Als je me er ooit van beschuldigt je vader te dwingen zijn leven te beëindigen, dan heeft God een wens voor je gedaan.' begon uit te leggen. Bridget keek hem aan met een lichte wanhoop op haar gezicht. 'Maar ik zal dit sterfelijke leven eerder dan verwacht verlaten.'

"Niet..."

"Stil... Hoe dan ook, lieverd. Ik heb in het verleden veel nare dingen gedaan bij andere mensen. Wat ik je vader heb aangedaan was wreed en dreigde zijn carrière als groot dirigent te vernietigen. Je hebt het volste recht om mij te hebben. Ik heb nooit dacht dat hij de uitgang zou nemen die hij nam om de vernedering die hij deed te vermijden. Ik had er meer over moeten nadenken, en misschien had hij gelijk toen hij me vertelde dat mijn make-up genoeg was veranderd om in ieder geval een deel ervan als zijn eigen baan te claimen ."

Daarmee sloeg Bridget haar armen om Angel heen en omhelsde hem.

De man van wie ze zo veel hield om uit wraak te sterven, zou toch sterven, en zijn woorden waren tenminste de woorden die ze al jaren had willen horen.

'Ik had je moeten vertellen wat ik vele jaren geleden heb gezegd. Ik heb je met haat laten leven, en haat vervaagt niet altijd met de tijd, en het kan ook veel in jou groeien, zoals het bij jou is gebeurd, mijn liefste. "

'Ik vergeef je,' zei ze tegen hem, terwijl ze zachtjes haar woorden van hem scheidde en de tranen uit haar ogen liet vallen. "Ik hield zoveel van hem. Hij was alles voor mij."

"Ja, dat weet ik. Als je iemand zoveel pijn hebt gedaan, heb je ook degenen die van hem houden gekwetst. Als je weet dat je gaat sterven, denk je aan wat je hebt bereikt en wat ook is gefaald in het leven. En ik begreep je vader niet. Ik heb hem niet eens de kans gegeven om het uit te leggen."

* * *

Later die avond slenterden Bridget en Leonardo door de drukke straten van Florence en namen de sfeer van haar geschiedenis en moderne uitstraling in zich op.

Ze hielden elkaars hand vast en liepen in stilte terwijl ze aan Angel dachten en wat hij zou gaan zien.

'Voel je je rustiger nu je hem eindelijk hebt gesproken?' vroeg Leonardo.

'Ja. En ik voel me ook slecht over wat ik heb geprobeerd.'

'Dus alles is nu geregeld. Hij heeft de beschuldiging van poging tot moord laten vallen en nu heb je hem vergeven. Ik denk dat hij zich daardoor zoveel beter voelt dan we hem vanavond hebben gezien.'

'En jij, Leonardo? Ben je ook van plan de aanklacht tegen Jacky in te trekken?'

Hij glimlachte naar haar, kuste haar hand en zei:

'Bridget, er is iets dat je moet weten. Een gesprek dat ik onlangs met inspecteur Harris had.' Bridget keek hem diep in de ogen, het spoor van tranen nog in de hare. 'Als dit allemaal was aangeklaagd, zou het heel moeilijk zijn geweest om te bewijzen. Jij en ik hebben het bewijs die ochtend op de rivier weggegooid. En ze hebben je niet gedwongen een bekentenis te schrijven.'

'En Jacky's bekentenis?'

'Je bekentenis is nu waardeloos,' antwoordde hij. "Volledig nutteloos."

"Hoe is dat?"

"Omdat ik haar net gek heb gemaakt met wat ik de politie heb verteld. Haar bekentenis is slechts een uitvinding van haar wilde fantasie. Het is voorbij. En ze is niet gearresteerd voor haar aandeel in dit alles, althans nog niet."

'Vind je dat niet gevaarlijk?'

'Nee, helemaal niet. Het is goed voor ons allebei dat ze nu mentaal onstabiel wordt verklaard. Ze zal in ieder geval niet meer proberen om op ons te spelen. En er is nog iets anders.'

"Nog een ding?"

'Ja. Ik heb nog twee deals kunnen sluiten voor mijn groeiende rijk. Calvins en die van hen. Dus uiteindelijk werden de jagers de opgejaagde.'

Bridget brak uit zijn omhelzing en wierp hem een strenge blik toe.

Hij haalde zijn schouders op en vroeg.
"Wat?"

# EINDE